优秀女孩一定要读的励志书

女孩当自立

孙建平◎编著

中国纺织出版社

内 容 提 要

本书精选了古今中外83个著名女性在青少年时期自强自立、顽强拼搏、努力向上的故事，并对这些故事进行了详细的解读。这些故事为今天的女孩健康成长和追求人生成功树立了良好的榜样。成长中的女孩读读这些故事，定会震撼心灵，激励斗志，定会增强前进的勇气，更加自立、自爱、自重、自信。愿这些故事伴随女孩走向美好的人生。

图书在版编目（CIP）数据

女孩当自立／孙建平编著. —北京：中国纺织出版社，2013. 9 （2024.4重印）

ISBN 978-7-5064-9826-5

Ⅰ. ①女… Ⅱ. ①孙… Ⅲ. ①故事—作品集—世界 Ⅳ. ①I14

中国版本图书馆CIP数据核字（2013）第114510号

策划编辑：江 飞　　责任编辑：曲小月
特约编辑：赵雪峰　　责任印制：储志伟

中国纺织出版社出版发行
地址：北京朝阳区百子湾东里A407号楼 邮政编码：100124
邮购电话：010—67004461 传真：010—87155801
http：//www.c-textilep.com
E-mail：faxing@c-textilep.com
北京兰星球彩色印刷有限公司印刷 各地新华书店经销
2013年9月第1版 2024年4月第2次印刷
开本：710×1000 1/16 印张：15
字数：166千字 定价：69.80元

凡购本书，如有缺页、倒页、脱页，由本社图书营销中心调换

前言
Preface

女孩当自立，女人自立从女孩始。

女孩自立，要做个信念的赢家。信念的力量是伟大的，它支撑着我们生活，催促着我们奋斗，推动着我们进步。正是坚定的信念，创造了世界上一个又一个的奇迹。信念坚定，女孩才能一步步走向前方。

女孩自立，要为自己竖起大拇指。竖起大拇指，这么一个简单的动作，人人都可以做到。对自己竖起大拇指，在心里为自己加油，告诉自己“我能行”，知道“我能行”的女孩心中才有力量。

女孩自立，成功要靠努力和才智。天分只能给人一些小收获，才智加上不懈的努力才能给人大成功。努力学习各种各样的知识，积累自己的才智，女孩才能从平凡到不平凡。

女孩自立，要敢于跨过面前的栏杆。每个女孩的面前都横着困难、挫折、失败等不如意，只有勇敢地跨过去，女孩的人生才能走向成功。

女孩自立，柔弱双肩要敢挑重担。女孩是柔弱的，但柔弱并不等于没有力量，柔弱双肩同样可以挑起人生的重担，甚至比男孩做得更好。

女孩就是要自立。女孩要想有出息，就要自爱、自强、自立。女孩要学会尊重自己，要看得起自己，不可以向别人卑躬屈节；女孩要懂得自爱，爱惜自己的身体和心灵；女孩更要变得自强起来，今天的社会，男女竞争的机会是平等的，没有人因为我们是女孩而给予特殊关照。女孩要靠自己的力量争取更好的幸福和未来。

女孩就是要自立。人生路上总会有各种各样的困难，而女孩遇到的困难会更多，但不论遇到什么困难，女孩都不要气馁，不要没有节制地依赖别人，而要坚强地让自己站起来，战胜困难和挫折。

本书精选了古今中外83个著名女性在青少年时期自强自立、顽强拼搏、努力向上的故事，并对这些故事进行了详细的解读。这些故事为今天的女孩健康成长和追求人生成功树立了良好的榜样。成长中的女孩读读这些故事，定会震撼心灵，激励斗志，定会增强前进的勇气，更加自立、自爱、自重、自信。愿这些故事伴随女孩走向美好的人生。

此书在编辑过程中所参考的图书和资料，我们尽量联系了版权所有者，但有的作者还未联系到，敬请未联系到的作者和我们联系。

编著者

2013年5月

目录

Contents

一、女孩自立，为自己竖起大拇指

竖起大拇指，这么一个简单的动作，人人都可以做到。女孩要想真正地自立，更要对自己竖起大拇指，在心里为自己加油，告诉自己“我能行！”

二、女孩自立，成功需要拼搏和才智

天分只能给人一些小收获，才智加上不懈的努力才能给人大成功。我们只有努力学习，积累才智，才能从平凡变成不平凡。

三、女孩自立，要做个有信念的赢家

信念的力量是伟大的，它支撑着我们生活，催促着我们奋斗，推动着我们进步，正是它，创造了世界上一个又一个的奇迹。

四、女孩自立，立志让女孩人生更精彩

“自立人生少年始”，少年立志终生受益，立志的人才能自立，自立的人才能掌握自己的命运。

五、女孩自立，敢于跨过面前的栏杆

我们面前的栏杆就是横在我们面前的困难、挫折、失败等不如意的事情，只有勇敢地跨过去，我们的人生才能走向成功。

六、女孩自立，全身心地专注于一件事

人与人之间的差别并不是天赋、机遇，而是有无目标。选择好自己的人生定位，专注于一件事，把一件事做透，才是取得成功的捷径。

七、女孩自立，胸怀家国留美名

古往今来，凡取得重大成就的仁人志士，都胸怀天下之志，他们志存高远，或兼济苍生，或成就伟业，或视死如归，或为国捐躯，留下千古美名。

八、女孩自立，把爱撒向人间

爱国爱家爱天下人，只有爱才能赢得爱。爱的力量是最强大的力量，在这个世界上，没有人能够抵抗爱的威力。即使我们的敌人，也可能因为我们的爱而成为我们的朋友。

九、女孩自立，柔弱双肩敢挑重担

女孩是柔弱的，但柔弱并不等于没有力量，柔弱双肩同样敢于挑起人生的重担，甚至比男孩做得更好。

一、女孩自立，为自己竖起大拇指

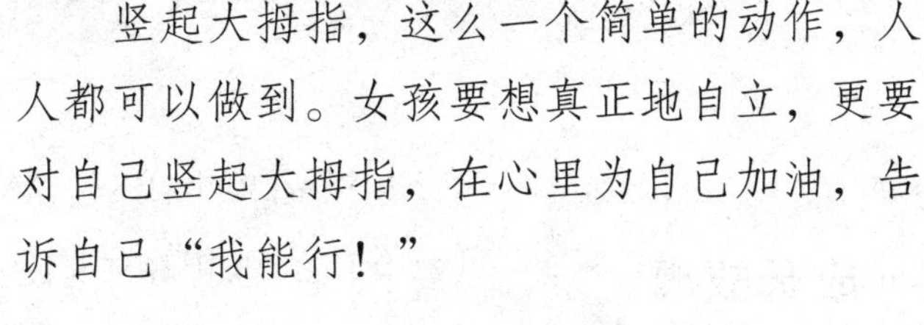

竖起大拇指，这么一个简单的动作，人人都可以做到。女孩要想真正地自立，更要对自己竖起大拇指，在心里为自己加油，告诉自己“我能行！”

1 林巧稚敢和男同学比高下

人物小传

林巧稚（1901—1983），出生于厦门鼓浪屿，医学家，中国妇产科学的主要开拓者之一。她是北京协和医院第一位中国籍妇产科主任及首届中国科学院唯一的女性学部委员（现称院士）。林巧稚一生亲自接生了5万多名婴儿，为胎儿宫内呼吸、女性盆腔疾病、妇科肿瘤、新生儿溶血症等方面的研究做出了贡献，是中国现代妇产科学的奠基人之一。

20世纪20年代初，林巧稚在中学读书。当时，男尊女卑的思想在中国还相当盛行，女孩上学读书的很少，学校里的一些男生也看不起女同学。

一次，一个男生狂妄地对几个女同学说："下次考试我的数学要考100分，你们几个女同学的分数加起来也不会有我的多！"听了这话，要强的林巧稚和这个男同学较起劲来，她自信地回敬道："你要是能考100分，我就考110分！"林巧稚平时学习就十分用功，这回就更用功了。果然，在下一次考试时，林巧稚取得了优异的成绩，为女同学们更为自己争了一口气。

20岁时，林巧稚报考北京协和医学院。当时报考的女生很少。考场上一个女生突然中暑晕倒，监考的男老师不方便施救，林巧稚二话没说，放下未答完的考卷，离开考场去照顾病人。十多分钟后，她回到考场，可考试已经结束了，林巧稚最有把握的英语试题没能答完。这次考试录取率很低，女生要想被录取则更难。回到家，林巧稚把考场上发生的情况告诉了父亲，说自己可能考不上。父亲告诉她：“你在人生考场上很优秀，应该得到优等的分数，你懂得关心人，懂得爱人，你具备了做医生的条件。”

尽管没有答完试卷，但林巧稚仍然得了高分，顺利地被协和医院录取。之后，林巧稚经过8年的寒窗苦读，以优异的成绩完成了协和医学院的学业。因为成绩优秀，她又被派往英国留学进修妇产科。可是英国学校的负责人认为女人开刀动手术是不行的，又拍电报让她改学公共卫生系。

睿智箴言

我是一个中国人，一个中国的大夫，我不能离开灾难深重的祖国，不能离开需要救治的中国病人！（林巧稚）

收到这份充满性别歧视的电报后，林巧稚非常气愤，她坚信自己的选择，坚信自己一定能行。通过不懈的努力和学习，她终于完成了学业。从此，林巧稚把毕生精力无私地奉献给了人民，成为人民的科学家、医务界的楷模。

女孩当自立

在现实生活中，很多女孩都不够自立，在家依赖父母，在外依赖朋友，结婚后又过分依赖自己的爱人，结果往往导致身边的人压力过大，甚至导致家庭破裂。

林巧稚不但善良，医术精湛，更是一位自立的女性。自信心成就了林巧稚辉煌的一生，自立的个性更是林巧稚一生成功的秘诀。她正是靠自己才学到了精湛的医术，并成为医学界的楷模，受到了人们的尊重、崇敬和爱戴。

在我们每个人的生命长河中，总有一座明亮的永不熄灭的灯塔，在前方指引着我们，激励着我们。这座灯塔就是我们自己那份永不褪色的自信心。自信是一个人重要的品质，一个自信的人才有可能战胜困难。相信自己，相信自己的力量，朝着自己制定的目标勇往直前，才能大胆尝试，接受挑战，既不为闲言碎语所左右，也不为一时的失败和挫折所动摇。

我们每个人都希望自己的人生是绚丽多彩的，但它并不会像我们所想的那样顺利。人生不可能永远风平浪静，一时的风平浪静只是下一个暴风雨的开端。当我们面临暴风雨时一定要相信自己，相信自己在疾风暴雨中能获得重生。因为踮起脚尖，可以看到更远的地方；登上高处，会有更美丽的风景可以瞭望。

女孩的一生中，会拥有许多，也会失去很多，但我们始终应该学会自立。相信自己，相信未来，其实自己就是生命的灯塔。这座灯塔会始终指引着我们，使我们自信地走向未来。

2 不服输的格拉芙

人物小传

施特菲·格拉芙（1969—　），出生于德国曼海姆市的一个运动员世家。德国女子网球运动员，德国历史上最优秀的女运动员之一，也是世界网球历史上最成功的女选手之一，尤其在1988年创下了整个网球运动史上、所有男女选手当中迄今唯一的年度全满贯。13岁时便登上了欧洲女子网球冠军和世界女子网球冠军的宝座，被誉为世界体坛上的神童和“双料冠军”。

成长故事

格拉芙的父母都是网球高手，当小女儿格拉芙还很小的时候，他们就决定培养她成为一个网球明星。在父母的影响下，格拉芙从小就喜欢上了网球，打球时异乎寻常地认真。父亲看在眼里，乐在心里，觉得女儿确实是可塑之才，于是就更加细心地教她。

4岁时，父亲教她练习握网球拍。因为格拉芙人矮手小，练起球来很困难。但她从不服输，总是用尽浑身的力气，两手紧紧地握着球拍，和爸爸一来一往地练习打球。为了让自己的球技尽快提高，格拉芙在父亲为她特制的小球网前一练就是一天。打累了，休息一会儿再打，妈妈在旁边不住地夸奖格拉芙："乖女儿，一定要打败爸爸啊！"有时候爸爸会故意输几场球，小格拉芙打得更有劲了。

在父亲的严格训练下，小格拉芙的球技进步很快。她反应灵敏，头脑清醒，六七岁的时候，对一些难度大的击发球，已经掌握得十分娴熟了。不管父亲发什么样的刁球，她总能够作出很准确的判断，并及时采取对策。偶尔碰到了父亲发出"怪球"时，不服输的她连吃饭睡觉都在琢磨对策。甚至一连憋上好几天，直到找出制胜的办法。

父亲对她不服输的性格感到很高兴，鼓励她道："不服输才是一个优秀运动员应该具备的素质！打球就要求胜！球场好比战场，只有求胜心切的人，才能全力以赴去拼搏，才能产生一往无前的勇气。"

父亲不失时机地教育，使格拉芙更积极地投入到艰苦的训练中。为了达到训练目标，格拉芙整个童年都是在训练场上度过的，不知洒下了多少汗水，付出了多少艰辛。

功夫不负苦心人，格拉芙一天天成熟了。她一次又一次地参加网球比赛。13岁时，她击败了所有

睿智箴言

赛场上，我不会为一个坏球而扫兴生气，也不会因裁判不公而去争吵。（施特菲·格拉芙）

的女子网球高手，一举荣获欧洲女网冠军和世界女网冠军两顶桂冠，成为世界网球历史上最成功的女选手之一。

女孩当自立

格拉芙的身上有一股不屈不挠的精神，她的这种精神是一名运动员精神最集中的体现。作为一名优秀运动员，不仅要有高超的技艺，还必须具备不服输的精神。

我们知道《钢铁是怎样炼成的》的作者奥斯特洛夫斯基，虽然只读了三年的书，但是仍以“不服输”的精神完成了这本辉煌的著作。他23岁全身瘫痪，双目失明，躺在病床上仍以惊人的毅力坚持写作。

什么是不服输的精神？所谓“不服输的精神”其实就是一种不断进取、不断超越、永不言败的精神。不服输的精神是一种无形的力量，它让人不断地进取，不断地进步。

世界篮球场上富有传奇色彩的迈克尔·乔丹，在谈到自己打球的感受时说：“打好每一场比赛，攻进每一个球，永不服输，永不言败。”正是因为“不服输”，乔丹才练就了一身出神入化、炉火纯青的绝技，才受到了世界上数不清的球迷的崇拜，成为勇敢坚毅的象征。

大音乐家贝多芬在遭受耳聋和失恋的打击之后，发出了这样的怒吼：“我要扼住命运的咽喉，我绝不服输。”贝多芬后来成为一代音乐大师，取得了卓越的成就，不是偶然的，这和他的“不服输”紧密相关。

女孩要想自立起来，就要做一个永不服输的女孩。生活里有很多有目标、有理想的人，他们辛勤地工作，他们不停地奋斗，他们努力思考，但是由于过程太艰难，他们越来越倦怠、泄气，最终半途而废。到后来他们会发现，如果他们再坚持久一点，如果他们多瞻望一些，他们就会收获好的结果。可是往往很多人在伸手就可摘到果实时却放弃了努力，最后一事无成。只有那些不认输、不服输的女孩，才能使自己成为生活的强者。

3 相信自己能行的琼瑶

人物小传

琼瑶（1938— ），出生于四川成都一个书香门第，1949年随家迁至台湾。原名陈喆，中国当代作家、编剧，16岁在台湾《晨光》杂志发表短篇小说《云影》。高中毕业后开始尝试写作，其后步入职业作家行列，并相继进入电影、电视剧制作行业。代表作有《窗外》、《烟雨濛濛》、《几度夕阳红》、《彩云飞》、《心有千千结》、《在水一方》等。

琼瑶的父母对她管教很严格。五六岁的时候，父母就教她读书识字，还让她照看弟弟、做家务。妈妈一有时间就教她背唐诗，给她讲嫦娥、七仙女下凡等古代民间和神话故事，她对那些故事很感兴趣，妈妈讲完一个总是还想再听一个。8岁时上小学。由于之前她已学习了很多语文知识，所以第一天上课她就能通读语文书里的全部课文。老师大为惊讶，同学们也都向她投去钦佩的目光。

老师觉得琼瑶是个可塑之才，为了更好地培养这个出众的学生，对她要求格外严格，课外给她增加了许多学习任务。琼瑶也很乐意接受老师的课外作业，每次总能认真地完成，因此，她的成绩在班级一直名列前茅。

学校里有个墙报栏。有一天，琼瑶和几个同学经过报栏时，看到了高年级的同学写的一个题目叫《小狍的自述》的作文，文章写得非常生动有趣，同学们被这篇文章深深地吸引了。大家一起站在那里读完后，琼瑶的心再也不能平静，一股强烈的写作欲望在她的心底膨胀起来，她对同学们宣布：“我也要写这样的文章！”

睿智箴言

慎言谨行是修己第一事。（琼瑶）

“你能写吗？”“你能行吗？”几个同学都有些疑惑。

“能，我一定能写出这样的文章来。”回到家里，年仅8岁的琼瑶抑制不住写作热情，铺开作文簿，一篇充满纯真感情的作文《我的母亲》一气呵成。文章交给老师后，受到老师的好评。从此以后，她练习写作的热情更高了。

9岁的时候，她根据一个真实的故事编写了一部短篇小说《可怜的小青》，发表在上海《大公报》副刊儿童版上。16岁时，写成了小说《云影》，在当时台湾很有名的《晨光》杂志上刊登。

此后，琼瑶一发而不可收。强烈的创作兴趣使她写成了《窗外》、《匆匆、太匆匆》等四十多部小说，成为世界著名的多产作家之一。她的小说有多部被改编成电影、电视剧，受到了人们的喜爱。

别说“我不行”，自信是女孩自立的首要条件之一。人生不可能一帆风顺，谁一生下来就会说话、走路呢？每个人都要从积累与磨炼中逐渐成长，所以请相信，路是人走出来的，别说“我不行”。

课堂上，请勇敢地站起来发表你的看法，即使你说得结结巴巴，即使你的看法未必完全正确，只要你能勇敢地站起来，你就是一个自信的女孩。体育场上，请不要因害怕失败而退缩，没有经过失败洗礼的女孩，永远不能成为生活中的强者。在别人的疑问声中，请不要否认自己。

别说“我不行”，因为自信可以产生巨大的精神力量，它足以化山穷水尽为柳暗花明，促使我们在荆棘丛生的道路上奋勇前进。如果一个女孩连自己都不相信，还能指望被别人相信吗？要相信自己一定能行。具有强烈自信心的女孩，能够承受各种考验、挫折和失败，这种自信心会使我们受用一生。

一千多年前，毛遂凭着自己卓越的胆识、出色的辩才、可敬的勇气，威慑楚王使赵“合纵于楚”。正是因为相信自己，挺身自荐，毛遂才获得了成功。如果毛遂连评估自己能力的信心都没有，他还能脱颖而出，建功立业吗?

说自己不行，实际上是一种怯懦的表现。丧失自信心的女孩总想为自己筑起一个避风港，她们必将与失败为伍。说不行是因为担心失败，其实失败并不可怕。只要我们有信心去面对它，挑战它，那么，当我们坚持自己而迈出决定性的一步时，我们会发现，自己畏惧的是只“纸老虎”。

社会发展到今天，需要勇于开括、勇于进取、勇于创新的人，想拥有这些，首先要具备的素质便是自信。畏畏缩缩、犹犹豫豫、不敢前行的人必将被时代淘汰。作为未来新时代的建设者，我们要充分显示自己的才华，敢于挑战困难，只有这样才能发挥自己的光和热，谱写壮丽的人生篇章。

“自信人生二百年，会当水击三千里。”成长中的女孩要以微笑面对困难，用自信挑战生活。虽然有自信的女孩不一定能保证赢，但没有自信的女孩却一定会输!

4 自立的海伦·凯勒

人物小传

海伦·凯勒（1880—1968），出生于美国亚拉巴马州北部一个叫塔斯喀姆比亚的小镇子，19世纪美国盲聋女作家、教育家、慈善家、社会活动家。她以顽强的毅力掌握了英、法、德等五国语言。完成了她的一系列著作，并致力于为残疾人造福，建立慈善机构，被美国《时代》周刊评为美国十大英雄偶像，荣获“总统自由勋章”等奖项。

在海伦·凯勒19个月的时候，猩红热夺去了她的视力和听力。从此以后，她的眼睛看不到，耳朵听不到，后来，连话也说不出来了，她又丧失了语言表达能力，她只能在黑暗中摸索着长大。人们都说，这个孩子一辈子也没有什么希望了。

7岁的时候，家里为她请了一位家庭教师安妮·莎利文。在莎利文老师的指导和鼓励下，海伦用顽强的毅力克服生理缺陷所造成的精神痛苦。海伦·凯勒顽强不屈，自强自立，刻苦学习，她用手触摸学习手语，摸点字卡学习读书，用嘴尝味、用鼻嗅闻，来熟悉周围黑暗沉寂的世界，后来用手摸别人的嘴唇，终于学会了“说话”。

后来，海伦在莎利文老师充满爱的关怀下，克服失明与失聪的障碍，考上哈佛大学，并顺利完成了大学学业。海伦不仅学会了“说话”，还掌握了英、法、德、拉丁、希腊五种语言，而且知识渊博。海伦·凯勒24岁那年，以优异成绩通过了大学毕业考试。

睿智箴言

面对光明，阴影就在我们身后。（海伦·凯勒）

大学毕业之后，投身于为聋盲人服务的事业，她跑遍全国为聋盲人学校的筹建募集基金。周游世界各国，全心全意为聋盲人的教育和福利事业贡献一生，曾受到许多国家政府、人民和高等院校的赞扬和嘉奖。1959年联合国发起“海伦·凯勒”世界运动。

她热爱生活：会骑马、滑雪、下棋，还喜欢戏剧演出，喜爱参观博物馆和名胜古迹，并从中得到知识。同时，海伦·凯勒笔耕不辍地从事写作。还在大学时她就写出了著名的《我的生活》。以后她陆续写出了《我生活的世界》、《石墙之歌》、《走出黑暗》、《我的老师安妮·苏利文·麦西》、《乐观》、《海伦·凯勒在苏格兰》等十四部著作。有的被译成50余种文字，风靡五大洲。

海伦·凯勒靠自强自立，靠生命不息、奋斗不止的精神，成为美国著名的聋盲女作家和残疾有障碍的教育家，她把自己的一生献给了盲人福利和教育事业。她赢得了世界各国人民的赞扬，并得到了许多国家政府的嘉奖。1965年，她85岁高龄时被选为“世界十大女性”之一。

女孩当自立

生命的存在是要与疾病和死亡进行搏斗的，海伦·凯勒付出了比常人多得多的努力才夺回了失去的“健康”。人生短短几十个春秋，珍惜生命、拥有好的心境，健康的身体，比拥有什么都富有。

成功学大师们认为，一个女孩不仅要自信，更重要的是要自立。男孩是这样，女孩更应该这样。一个人要立足于社会，首先要学会自立。不要总想着去依靠别人。一个女孩要想有所成就，就应该抛开身边的“拐杖”自立起来。只有抛开拐杖，破釜沉舟，依靠自己，才能赢得最后的胜利。

伟大的教育家陶行知先生说：“滴自己的汗，吃自己的饭。自己的事情自己干，靠人靠天靠祖上，不算是好汉。”自立是人生成功的第一步，自立也是人生力量的源泉，自立更是人生成功的基石。自立的人才能够获得他人的尊重，自立的人才能更好地掌握自己的命运，自立才能为自己换来真正的幸福。

美国石油大亨洛克菲勒教育孩子：“一个人不要依赖任何人，只有自己才是最靠得住的人，因此要学会自立。”人生是一个艰难的路程，有时会遭遇困难，有时会遇到挑战，这时，真正能够帮助你的只有你自己，能够拯救你的也只有你自己。

一个不能自立、处处依赖他人的人是可怜的，一个贪图安逸、不懂得勤奋进取的人是可悲的。所以，我们作为新时代的女孩，不能把命运完全托付给他人，依赖他人而活。自强自立，做最好的自己，不管在任何情况下我们都要不怕苦、不怕难、不怕挫折、不怕失败，坚守自己的“原动力”，义无反顾地走下去，哪怕前面是荆棘丛生或艰难坎坷，只要我们永不言败，绝不轻易放弃，我们就会在努力拼搏中获得机会的亲睐和美好人生的馈赠。

5 把握机遇的苏珊·桑塔格

人物小传

苏珊·桑塔格（1933—2004）出生于美国纽约曼哈顿，著名女作家、评论家、批评家。1960年前后，她开始活跃于纽约文坛，1963年，她出版了首部小说《恩人》，受到了文学界的好评。1966年，她出版了《反对阐释》，令她名噪一时，该书迅速成为当代经典，她也被誉为“西方当代最重要的女性知识分子”。

因为父母常年在中国做生意，苏珊·桑塔格出生后就一直由祖父母抚养。祖父母家藏书很多，童年的苏珊·桑塔格就一直在书堆中度过，她迷上了莎士比亚、狄更斯、勃朗特姐妹等人的作品。六七岁时，她读《居里夫人》，曾立志成为一个化学家，后来又希望成为物理学家。最后，她决定成为一个作家。因为她有读写基础，她直接就读小学三年级。高中毕业时她才15岁。之后读大学、读硕士，25岁之前，她一直作为学生学习，这为她后来的写作打下了良好的基础。

26岁，苏珊·桑塔格离开了丈夫，仅携带70美元、2只皮箱和7岁儿子来到了纽约，这时的她一无所有，为了维持生计，她去当老师、写稿子挣稿费。那时，在纽约有一个叫《党派评论》的比较有影响的文化杂志，在

睿智箴言

我有一种道德感，不是因为我是一个作家，而是因为我是一个人。（苏珊·桑塔格）

那上面发表作品，可以更快地扩大自己的影响。苏珊·桑塔格觉得能让5000人读到自己的作品，就是天堂了。可怎么在这上面发表文章呢？

正巧，在一个晚会上，她碰到了那家杂志的一个编辑。苏珊·桑塔格鼓起勇气过去问他："如何能为《党派评论》撰稿？"那个编辑答道："你到杂志社来，我给你需要写评论的书。"第二天，她去了编辑部，那个编辑给了她一本小说。尽管她对那本小说并不感兴趣，但机会不能错过，她要掌握自己的命运之门，于是她认认真真地写了一篇评论。不久，书评就发表了，成功的大门就这样向她敞开了。

之后，《党派评论》连续发表她的作品，当《党派评论》杂志用20页篇幅刊载了她的《坎普札记》时，31岁的苏珊·桑塔格引起了纽约文化界的瞩目。后来，她把在《党派评论》发表的作品集结成《反对阐释》一书，此书成为美国二十世纪六十年代的示范文本。

每个人一生中都会遇到许多机遇，机遇是造就一个人成功的重要因素之一。把握住机遇，你就把握住了通往成功大门的一把金钥匙。

上天对每个人都是公平的，上天给予每个人的机会也是平等的。上天给予我们的机会，我们是否珍惜了？是否抓住了，是否奋斗了？这是每个人走向成功的关键。

机会是难得的，要想抓住这难得的机会就要有一定的胆识、一定的智慧和勇气。要想抓住机会，就要做好准备。有些机会可以说千载难逢，所以我们要准备好。

正如苏珊·桑塔格一样，25岁之前一直在学习，为日后的成功打下了牢固的基础。机会来了，抓住了，才能够胜任；相反，没有做好准备，即使机会来了，我们也抓不住。人生中的许多机会都是留给有准备的人的。为自己选定目标，并积极努力吧！

6 黄美廉不怨天尤人

人物小传

黄美廉（1964— ），出生于台湾台南的一个牧师家庭。出生时因意外创伤造成脑部神经严重受损，痉挛性脑瘫。14岁时，她随家人移民到美国，后进入洛杉矶市立大学、洛杉矶加州州立大学艺术学院就读，取得美术博士学位，成为一名职业画家、美术教育工作者。

黄美廉出生时因为意外造成脑病，使得她不能说话，嘴还向一边扭曲，口水止不住地流。爸爸妈妈抱着身体软软的她，四处寻访名医，结果得到的都是无法医治的答案。6岁时，她还无法走路，她不但无法像别的小孩子一样，自由自在地玩耍、奔跑，还要受那些小孩子的欺负和嘲笑，一些孩子还用石头或棒子打她，气得她浑身发抖，哇哇大哭。

勉强踉踉跄跄地上学了，可上学对她来说却是一场可怕的噩梦，她无法拿住笔写字，妈妈握着她的手，一点点教她，整整练习了一年，她才学会写字。二年级时，一位老师看她画画很投入，便极力称赞她很有美术天

睿智箴言

我只看我所有的，不看我所没有的。（黄美廉）

分。老师的赏识，给她鼓励与支持，她开始重拾信心，决心当一名画家，之后她更加努力学画。小学四年级时，她写了一篇作文老师说不错，她觉得自己又能够当一名作家。

后来，黄美廉随家人去了美国读书。不管在哪儿，她一直没有忘记自己当画家、当作家的梦想，多年以来，她付出了比常人多百倍的努力，每天学习、工作十七八个小时，终于，她不但得到了艺术博士的头衔，而且还开过多次画展，画作深受好评；她写了许多文章，至今已结集了三本书，终于“美梦成真”。

经常有人请成名后的黄美廉去演讲，但由于不能通过语言正确地表达自己的意思，每一次演讲，黄美廉总是以笔代嘴，以写代讲。一次演讲时，一位学生问她：黄女士，您从小就长成这个样子，您会认为老天不公吗？在人生的旅途上，您有没有怨恨？

对一位身有残疾的人来说，这个问题尖锐而苛刻，一些听众唯恐黄美廉因此感到难堪，可她却微微一笑，用粉笔在黑板上写道：我是这样看自己的：

一、我很可爱！

二、我的腿很长很美！

三、我的爸爸妈妈很爱我！

四、上帝会公平地对待每一个人！

五、我会画画，我会写稿子！

六、还有很多的生活方式让我热爱！

……

她一连写下了十几条，最后写道：“我只看我所有的，不看我所没有的！”

台下听众看到她的答案，对她报以雷鸣般的掌声……“我只看我所有的，不看我所没有的！”这成了黄美廉的演讲经典之语。

女孩当自立

黄美廉靠着坚忍不拔的毅力和对人生无比乐观的态度，在人生的道路上取得了一个比一个更好的成绩，正常人都很难达到她的成就。黄美廉告诉我们：“遇到困难并不是新鲜事，然而令我们惊喜的是在困难中学习怎么凭借勇气去面对、自我反省、试着改变与解决问题。如果一直怨天尤人而不去做些对自己和对别人都有益的事，怎么会有今天如此喜乐的生活呢？”

在人生成长的过程中，黄美廉对自己的生命没有怨天尤人，而是只看自己所有的，不看自己所没有的，把自己所有的做到最好，所以，她始终是乐观向上的，始终向着自己的追求迈进。她领悟到无论在什么环境中，都必须拥有一颗学习的心，不可放弃自己，遇到问题就要努力去克服，努力地活出自己生命的色彩。勇敢地迎接人生中一个又一个挑战和考验，充实多彩的人生。

“我只看我所有的，不看我所没有的！”能够做到这一点的人，一定是大智者，黄美廉之所以能够取得今天的成绩，就是因为她有这样的智慧。

父母生下我们，我们算是幸运地来到了这繁华世界；至于人生的旅程，就看自己如何去走！常言道：“人生不如意十有八九”，《论语》中说：“君子求诸己，小人求诸人。”遇事首先要求自己，从自己做起，而不要怨天尤人。命运给予人什么样的境遇，从来都是独断专行，不跟人商量的。因此，怨天尤人对于改变一个人的生活毫无意义。不要怨天尤人，谁都不能改变我们的命运，想改变命运只能靠我们自己。

作为一名女孩，要用心去把握我们的人生，不要埋怨自己的家境贫寒，不要抱怨自己的命运太差，不要说自己长相不如人……事实上，命运是掌握在我们自己手中的，我们要做的是如何掌控我们的命运之船让它驶得更稳更远。

7 波伏娃不屈从他人的意志

人物小传

西蒙娜·德·波伏娃（1908—1986），出生于巴黎一个比较守旧的富裕家庭。她是20世纪法国最有影响的女性之一，文学家，女权运动的创始人之一。她写过多部小说和论文，她的小说《名士风流》获得了法国最高文学奖——龚古尔文学奖。

当波伏娃还在童年时，第一次世界大战爆发了，父亲的律师工作因此受到影响，全家人的生活陷入困顿。波伏娃的少女时代是在枯燥闭锁的家庭环境中度过的。但她从小就具有很强的独立性和令人惊骇的反叛性，她拒绝了父母对她学习、事业和婚姻的安排。她酷爱读书，性格沉稳，头脑明晰，意志坚强，具有旺盛的生命力和强烈的好奇心。19岁时，波伏娃发表了个人"独立宣言"，宣称"我绝不让我的生命屈从于他人的意志"。

因为学习成绩优异，波伏娃进入了当时法国第一高等学府巴黎高师读书，在那里，她结识了许多爱好文学的朋友，促使她爱上了写作。大学毕业后，她通过了教师资格综合考试，成了一名普通教师，这时她开始写作，决心成为一名作家。

经过多年的努力，波伏娃的作品逐渐得到读者的认可。波伏娃有她独立的思想，独特的个性，不受别人左右，所以，她的作品也很有特色。她的《第二性》是获得世界性成功的一部巨著，是有史以来讨论妇女的最健全、最理智、最充满意志、智慧的一本书，被誉为女人的“圣经”，成为西方女人必读之书。尽管这本书的出版使她遭受到一些人恶毒狂怒的攻击，对她的恶骂之声不绝于耳。但是，这一切不能阻止她将自身作为反传统、追求个体独立的典范，不加粉饰和修改地奉献出来。

睿智箴言

我绝不让我的生命屈从于他人的意志。（西蒙娜·德·波伏娃）

由于波伏娃终身不断努力，沿着成功之路勇往直前，使得她成了20世纪思想界的巨星。法国前总统密特朗称她为“法国和全世界的最杰出作家”。

不屈从他人的意志，就是要有自己独立的个性，就是做事不受别人意志的影响。什么是个性，对于个性，有好几种解释。其一就是指一个人的比较固定的特性，一个人在人格和思想上独立，有自己成熟的价值观和思想方法，凡事有自己独特的判断和行为方式，这就是个性。个性与独立是每一个人做梦都想拥有的东西，事实上，追求个性是一个人走向独立的序幕，个性与独立是“孪生兄弟”，有个性才能独立，坚持独立行事的人才是真正有个性。

坚持独立的个性，首要条件是必须拥有自信。大文豪高尔基说：“只有满怀自信的人，才能在任何地方都怀有自信沉浸在生活中，并实现自己的意志。”自信会使我们时刻充满着魅力。做个有个性的女孩除了要自信外，还必须有智慧，有思想，有主见。独立的个性包含着独立的性格，而一个成长中的孩子形成独立的性格是成才的关键所在。因为随波逐流的人常常不能成为出类拔萃的人才。所以，著名的生物学家达尔文说：“我一贯力求思想不受束缚。”有个性的人，将来才会与众不同。

当然，有个性并不是顺着自己的性子为所欲为，有个性是要通过对自己、对人生、对未来对所从事的事业的认真思考，然后所作出的理性的选择和坚持，是对自己人生负责的行为。做人要有个性，没有了个性，也就丢失了自己。

一个没有个性的人，就没有独到的见解，当遇到挫折遇或困难时也不可能义无反顾地往前走。这样的人，不仅会让人觉得没有原则，而且不会得到别人的信任。做一个有个性的女孩吧，张扬个性更能彰显我们的智慧。

8 有胆有识的武则天

人物小传

武则天（624—705），出生在并州文水（今山西文水县）的一个官宦家庭。14岁时被选入宫，为唐太宗才人，赐号“武媚”，人称媚娘。唐高宗时成为皇后，参与朝政。唐高宗病逝后，她废黜中宗，改立四子李旦为睿宗，独揽大权。后来，她又废黜睿宗，登基称帝，改国号为“周”，史称武周，成为中国历史上唯一的名符其实的女皇帝。

成长故事

武则天自幼聪慧敏俐，极善表达，胆识超人。父亲深感她是可塑之才，遂教她读书识字，使她通晓世理。武则天刚满9岁，父亲就去世了。她谨记父教导，博览群书，博闻强识，十三四岁时，她成了远近闻名的女神童，名声远播。唐太宗李世民闻知，令人将她接进皇宫，恩宠有加，封为才人。

有一次，西域使节不远万里向唐太宗献上一匹宝马，名为“狮子骢”。太宗皇帝很高兴，叫来使把宝马带到皇宫前的庭院里，令文武大臣一起陪同观赏，太宗非常满意，立即命令宫廷里专门负责驯马的官员把马牵过来，骑上跑几圈看看。哪知驯马官骑上去还未坐稳，那“狮子骢”就前腿腾空，一声长嘶，把驯马官甩在地上。面对桀骜不驯的宝马，宫廷驯马官也无能为力。太宗问在场的文武官员，许诺谁能驯服“狮子骢”，赏白银千两。在重赏之下，前后有七八位征战沙场多年的武将上场，但全被摔下马背。

太宗有些扫兴，这时，娇小的武则天来到太宗面前，自荐说她能驯服这匹马。太宗问她：“这么多的文臣武将都驯服不了，你一个小女子怎么驯得了那匹烈马？”武则天不慌不忙地对皇帝说：“请陛下赐我三件东西，就不怕”狮子骢“不老老实实地就范。”太宗问：“哪三件东西？”武则天说：“钢鞭、铁锤和匕首。”太宗有些疑惑地问：“用这三件东西怎么驯马？”武则天说：“不管宝马、烈马还是平常的马，它们全是给人骑用的。它不听话，我先用钢鞭抽它；它再不听，我用铁锤击打它的头部；它再不老实，我干脆用匕首杀了它，这样的顽劣不驯之马，要它何用？”

太宗觉得武则天有胆有识，所以，更加喜欢她，遂赐号“媚娘”。不久，太宗又发现武则天很

睿智箴言

身不修则德不立，德不立而能化成于家者盖寡矣，而况于天下乎。（武则天）

有学识，且懂礼仪，便把她调到自己身边侍候文墨。这使得武则天开始接触皇家公文，了解了一些宫廷大事，并能读到许多不易得见的书籍典章，眼界开阔了许多，日渐通晓官场政治和权术，为她后来掌握朝中大权奠定了基础。

做人要有胆有识，男孩需要有胆有识，女孩更需要如此。有胆有识才是做人之根本，立世之要诀。那么，如何让自己有“有胆有识”呢？实际上“有胆有识”，对于成长中的我们来说应该是“有识有胆”，“识”在先，“胆”在后。这个“识”就是见识、知识，有见识、有知识，我们在遇到难题、危险、困难时才有好办法去应对，才能使我们摆脱困境，才能使我们的人生之路更顺畅。

有这样一则故事：一群美国女孩在一个山中野炊，返回时因抄近路而迷了路，最后一个11岁的小女孩挺身而出，坚定地说：“我听说只要沿着山上的小溪流走，就能找到较大的山溪汇流点。再顺着江流走，最终就能找到更大的汇流，而在大汇流附近，则必定有居民。我打算沿着前面那条小溪流走下去，你们谁愿意就跟我一起走。”结果，全体女孩在她的率领下，经过几小时的跋涉，终于来到了一条大汇流处并听到了有人说话的声音。事后，很多人感慨：“一个最年轻、最勇敢的女孩挽救了陷入困境的女伴和她本人。”试想，假如这个女孩不具备沿溪流走的常识，显然是不能用这种方法走出迷途的。可见，有见识才有可能成为有胆识的人。

胆识不仅仅是勇敢，还包括了智慧和谋略。因此，一个有胆有识的人必须以见识作为基础。一个人有见识才能明白什么是可行的，什么是不可行的，也才能有所为，有所不为。

如何让自己有胆识有见识呢？我们的胆识，要在现实生活中才能磨炼出来。女孩更不能因为自己是女孩而胆小怕事，什么都不敢做。如果我们要去旅游而怕丢失，要去运动而怕摔伤，要去锄草而怕割手，像笼中小鸟一样“囚禁”，哪来的胆识呢？只有到生活中去闯，才能增加我们的见识，壮我们的胆量。我们才能勇敢地面对人生中的困难和失败，才能勇敢地立于天地之间。

9 走在别人前面的玛格丽特

人物小传

玛格丽特·希尔达·撒切尔（1925—2013），出生于英格兰东部林肯郡，父亲是一个杂货商，后来任市长。她先后在出生地和牛津大学萨默维尔学院受教育，成年后投身政治，1979年当选英国历史上第一位女首相，并连任三届，任期长达11年，她也是欧洲历史上第一位女首相。

玛格丽特出生在一个名不见经传的小镇上。随着她一点点长大，父母对她的要求越来越严格。父亲经常向她灌输这样的思想：“无论做什么事情都要力争一流，永远走在别人前头，不要落后于人。”父亲为女儿举例说：“比如，在学校上课时，你要争取坐在前排；听别人演讲时，你也要争取坐在前排；即使坐公共汽车，你也要永远争取坐在前排。”父亲告诉她：

睿智箴言

小心你的思想，它会变成你的语言；小心你的语言，它会变成你的行动；小心你的行动，它会变成你的习惯；小心你的习惯，它会变成你的性格；小心你的性格，它会变成你的命运。思想决定命运。（玛格丽特·希尔达·撒切尔）

“因为坐前排，你会更认真，坐前排，你会更易引起别人的注意，更为主要的是，树立争第一的思想。”父亲从来不允许她说“我不能”或者“太难了”之类的话，而是告诉她只要努力去争取，你就一定能行，就没有什么难事。

父亲的“严格的教育”培养了女儿凡事不甘人后，积极向上的决心和信心。不论是对待学习、生活还是工作，她都时时牢记父亲的教导，总是抱着一往无前的精神和必胜的信念，尽自己最大的努力去克服一切困难，以便做好每一件事情，并且事事争一流。

玛格丽特上大学时，学校要求学生必须学会拉丁文。但是因为拉丁文很难学，所以学校放松了时间，要求每个学生可以用5年的时间来学完，而玛格丽特却凭着自己顽强的毅力，在一年内学完了全部的拉丁文课程，并且她的考试成绩还名列前茅，这是她所在的学校自要求学习拉丁文以来所没有的。同学们对她刮目相看、羡慕不已。玛格丽特不仅在学业上出类拔萃，在体育、音乐、演讲以及学校的其他活动中也都一直走在前面。学校的校长高度评价她：“是建校以来最优秀的学生，总是雄心勃勃，每件事情都做得很出色。”

正是在这种永远争坐前排，争一流、争做最好的思想指导下，40多年后，要强的玛格丽特终于成长为英国乃至整个欧洲政坛上的一颗耀眼的明星，她连续四届当选为英国保守党领袖，并于1979年成为英国第一位女首相。玛格丽特·撒切尔夫人以其卓越的才能和永争第一的气势雄踞英国政坛长达11年，被世界政坛誉为“铁娘子”。

女孩当自立

“永远要坐在前排，永远要走在别人的前面”，这是一种积极向上的人生态度，是一种一往无前的勇气和争创一流的精神。在这个世界上，想坐在前排的人不少，但真正能够坐在前排的却不多。许多人之所以不能坐在前排，就是因为他们把“坐在前排”仅仅当成人生的理想，而没有采取具体行动。

无论做什么事情，一个人的态度总是决定一个人的高度。玛格丽特·撒切尔夫人的故事让我们明白这样一个道理：要想坐前排，就要有为坐前排而努力和奋斗的行动。

据有关资料记载，玛格丽特年轻时为了在政治上有所建树，开始攻读法律，很快就取得了当律师的资格。一次，她为了反驳对手，学习和积累了大量数据与信息，和对手辩论时，她以对手无法反驳的语言击败对手。为了竞选首相，她马不停蹄地到全国各地演讲，早上7点起床，忙到凌晨两三点钟才就寝。就是凭着这股精神，才使她最终战胜了对手。

“我不能，我不行。”许多人在人生的路上遇到一些挫折或困难时常常把这句话当做借口。说这样的话是对自己的极大不信任，是一种怯懦的表现，是为自己筑造的一堵高墙。是的，人生的旅途上处处布满了荆棘和坎坷，谁都不会一帆风顺，困难和挫折会常伴我们的左右，只有相信自己，鼓起勇气，大步向前走，才能逾越坎坷与曲折！请相信，路是人踏出来的。没有人一生下来就会走路，就会写字。知识要靠积累，勇气要靠磨炼，不要总是腼腆地说：“我不行。”而是要说：“我来试试！”一个自信、自立并勇于开拓进取的女孩，四周才会充满阳光。

坐在前边、行在前边、抢在前边、走在前边吧，那样女孩们更容易脱颖而出。

10 坚持梦想的莎莉·拉斐尔

人物小传

莎莉·拉斐尔，美国著名的节目主持人。在自己的职业生涯中遭遇了18次辞退，现在她已成为美国一家自办电视台的节目主持人，曾经两度获得全美奖主持人大奖，在美国、加拿大和英国每天有800万名观众在收看她的节目。

在美国，有一个小女孩，从小就想当一名节目主持人，为此，她努力学习做节目主持人的技巧。大学毕业后，她想到美国的大陆无线电台工作。但是，电台负责人认为她是一个女性，担心由她来主持节目不能吸引听众，最终拒绝了她。她心里不服，暗问女性就不能当节目主持人吗?

于是，她去了波多黎各，希望自己在那里能有好运气。可是波多黎各讲西班牙语，于是，她又花了3年的时间学习西班牙语。但好运气没有降临，只有一家通讯社委托她去国外采访，可是她做得也不成功，甚至连差旅费都没挣到。

在以后的几年里，她不停地找工作，又不停地被人辞退，有些电台甚至说她根本就不懂什么叫主持人，她的主持风格也曾被人贬得一文不值。

在那段时间里，平均每一年，她就被人辞退1次，她已经遭遇18次辞退了。有的时候，她认为自己这辈子完了。但她相信：上帝只掌握了自己的一半，自己越努力，手中掌握的这一半就越大，她相信终会有一天能赢了命运。她觉得自己一定能够把主持人的工作做好。于是她在家中反思自己，策划节目。一年后，她拿着自己策划的倾谈节目去向一家广播公司推销，公司的一位负责人开始同意了，可后来又不感兴趣了。于是，她又找另一个负责人推销，另一个负责人虽然不同意她做倾谈节目，但提出可以考虑让她做一个政治主题节目。可她对政治一窍不通，但她实在不想失去这份工作，于是她开始"恶补"政治知识。

睿智箴言

上帝只掌握了我的一半，我越努力，我手中掌握的这一半就越大，我相信终会有一天，我会赢了命运。（莎莉·拉斐尔）

1982年夏天，她主持的以政治为内容的节目开播了，她凭着多年积累的娴熟的主持技巧和平易近人的风格，以及节目让听众自由打电话讨论国家的政治活动这一在美国的电台史上破先例的做法，几乎一夜成名，她的节目成为全美最受欢迎的政治节目。

她就是莎莉·拉斐尔。今天，她已经成为一名著名的节目主持人。

女孩当自立

说到自己被辞退18次的经历，莎莉·拉斐尔说："我遭人辞退了18次，本来大有可能被这些遭遇吓退，做不成我想做的事情，但我绝不放弃自己的希望，一直坚持到最后，所以今天我能幸运地成为一名著名主持人。"莎莉·拉斐尔的执着成就了她。

执着是什么？执着就是顽强，就是一直追求某样东西不放弃，就是为了自己的追求即使遇到再大的困难和挫折也不回头。

每个人心中都有一个梦想，都希望放飞自己。可是，在困难和失败面前，人们会有不同的选择，有的人在困难面前，鼓足生活的勇气，跌倒了再爬起来，对事业、对生活苦苦地追求，最终如愿以偿；有的人面对失败从不灰心气馁，从哪里跌倒就从哪里爬起来，最终走向成功；有的人在失败面前，丧失意志，对生活极其失望，结果一无所得；有的人遇到一点困难就退缩不前，从而放弃追求，结果一无所成。

当我们遇到它们的时候，不要退缩，不要害怕，只要勇敢地跨过去，我们就可以战胜命运。失败了不可怕，关键是在失败面前我们怎样去面对，怎样去选择。一个人经历苦难，没有什么可怕的，只要你执着顽强，不向命运低头，会得到比别人更多的机遇，世上没有不可改变的事，上帝只掌握了一半，还有一半掌握在自己的手中，那就是人应该总想是金子在哪里都会闪光，跌倒了再爬起来继续往前走，因为前方总会迎来曙光。

一个人，做任何事都不可能一帆风顺，在通往成功的道路上，总会有这样或那样的绊脚石。遇到了一点儿小挫折，就埋怨上帝和命运对我们不公。这样怨天尤人，是不能做成事的。所以，作为一名成长中的女孩，不要屈服于命运，要想办法战胜挫折、克服困难，做一个敢于面对生活的人。赢过命运并不难，无论何时，我们都要坚信：你弱时它就强，你强时它就弱。

二、女孩自立，成功需要拼搏和才智

天分只能给人一些小收获，才智加上不懈的努力才能给人大成功。我们只有努力学习，积累才智，才能从平凡变成不平凡。

1 勤奋的夏洛蒂·勃朗特

人物小传

夏洛蒂·勃朗特（1816—1885），出生于英国约克郡的一个乡村牧师家庭。母亲早逝，8岁时进入一家女子寄宿学校学习，但不久就回到家中。曾做过家庭教师，最终她投身于文学创作。她有两个妹妹，即艾米莉·勃朗特和安恩·勃朗特，也是著名作家，因而在英国文学史上常有“勃朗特三姐妹”之称。

成长故事

夏洛蒂的童年生活很不幸，5岁的时候，母亲便去世了。父亲是一个贫穷的乡村牧师，收入很少，她们全家生活得艰辛而凄凉。

夏洛蒂8岁的时候，和两个姐姐一个弟弟都被父亲送到村庄附近的一所只有穷人才去的寄宿学校读书。学校条件极差，但校规却非常严厉，她们经常既吃不饱又要受体罚。由于条件恶劣，学校里流行起伤寒，夏洛蒂的两个姐姐都因此而死去。父亲只好把夏洛蒂和她的弟弟接回家。好在父亲学识渊博，他常常教孩子们读书，指导他们看书报杂志，还给他们讲故事。

在父亲的教育下，夏洛蒂年纪很小就开始识字读书。由于家里生活贫寒，她和妹妹们早早就承担起了家务劳动，烤面包、洗衣、做饭，收拾房间……干完家务活，她们就找来父亲的书报阅读。这也是她们姐妹所能得到的唯一乐趣，这也使她从小就对文学产生了浓厚的兴趣。

睿智箴言

我最害怕的莫过于闲散怠惰，没事可干，无所作为，官能陷于麻痹状态。身体闲置不用，精神就备感苦闷。（夏洛蒂·勃朗特）

读书累了，夏洛蒂就和妹妹们自找乐趣，玩文学游戏。她们凑在一起编口头故事、比赛朗诵诗歌、演戏剧。后来，她们姐妹已不满足口头创作了，于是，夏洛蒂提议每人把要讲的先写成文字，她们开始了最初的文学练笔。有时候，夏洛蒂一边干家务，一边构思故事情节，想起什么故事就掏出纸和笔，把脑子里刚涌现出来的情节、语句和细节一一记下来。夏洛蒂用极小的字写成了许多像名片一样大小的书。

夏洛蒂14岁时，已写了许多小说、诗歌和剧本。这些习作尽管还很幼稚，但已表现出她相当厚实的文学素养和丰富的想象力，为她日后在文坛上一举成名做了充分准备，也为她铺平了文学道路。

后来，勃朗特和她的姐妹们以7部小说和1部诗集闻名于世。其中，夏洛蒂的《简·爱》、艾米莉的《呼啸山庄》以其深刻的思想和突出的艺术成就在世界范围内产生了影响。

晚清有一个著名人物叫曾国藩，他评价自己是迟钝、笨拙的人，他称自己生平短于才，别人一眼看下去两三行，他只能读一行。别人很快就能想明白的事，他却要苦思冥想好长时间。事实上，曾国藩真的不聪明，考了7年秀才，20多岁才考中。但正是笨拙造就了这个著名的人物。

究其原因，正是因为迟钝，才能用心探究。一篇文章不读懂上一句，就绝不读下一句；不读完这本书，就绝不读下一本书；不完成一天的学习任务，就绝不休息。在曾国藩的学习生涯中，没有什么高考技巧，没有什么成功秘诀，唯独可以借鉴的就是超出常人的勤奋、吃苦和踏实。正因为他学得扎实，中秀才后第二年就中了举人，四年后中了进士。

正因为迟钝，所以想成就事业才更加勤奋；也正因为迟钝，遇事才不耍小聪明，才能精心谋划，然后才能精细去做，最后，所承担的事情都做得非常好，自己所追求的目标都得以实现。我们不一定能够成就像曾国藩一样的功绩，在青史上留下姓名，但是，不论多么迟钝，只要我们勤勤恳恳，心无旁骛，总会做成一两件事情，以免给自己的人生留下遗憾。

“勤”字为人生第一要义。曾国藩一直认为：不管是居家、居官、行军，都应该以“勤”字为根本。天道酬勤，一个人不管天生的资质如何，只要勤奋、坚持不懈，才智自然就会一点一滴地积累下来。

成就伟业者，不必有过人之聪慧，但必有过人之勤奋。古人说：“勤能补拙是良训，一分辛苦一分才。”是的，没有人能依靠天赋成功。上帝给予了人天赋，勤奋将天赋变为天才。伟大的成功和辛勤的劳动是成正比的，有一分劳动就有一分收获，日积月累，从少到多，奇迹就可以被创造出来。“不积跬步，无以至千里。”荀子的这句话就是教人以勤奋向上。

先贤们说：“一勤天下无难事。”从古到今，有多少名人不是因勤奋而获取成功的？三国时吴国的吕蒙，近代数学家华罗庚，都是经过了自己的勤奋而取得成功的。爱迪生说过：“巨大的成就，来自长期的勤奋。”女孩要想让自己的人生更精彩，就要付出比男孩更多的努力和汗水。

2 有股钻劲的希帕蒂亚

人物小传

希帕蒂亚（约370—415），出生于古埃及亚历山大城一个知识渊博的学者家庭。西罗马帝国时期著名的女数学家、天文学家和哲学家。她全力协助父亲注释了欧几里得的《几何原本》。后来，《几何原本》成为世界各国中学几何学的教材，先后出了一千多种以上的版本。希帕蒂亚由于为欧氏几何的普及做出了卓越的贡献，在数学发展史上成为第一位最杰出的女数学家而永载史册。

10岁的时候，希帕蒂亚已经显露出超人的数学才华，她尤其对各种各样的数学应用题感兴趣。身为数学家的父亲看到女儿对数学特别爱好，于是开始有意培养她。有一天，父亲对希帕蒂亚说：“过几天我准备去参观古埃及的金字塔。我想测量一下金字塔的高度。如果你能想一个最方便的测量方法，我就带你一起去。”

希帕蒂亚听到父亲交给她的任务后高兴地跳起来：“太好了，爸爸，我一定会想出既简单又方便的测量方法的。但你说话可要算数哦！”

接受了父亲的任务后，小希帕蒂亚把自己关在书房里看书研究，外面鸟语花香、孩子们的玩闹声她都当做没听见，她聚精会神地在桌子上画了

睿智箴言

保留您的权利，想，甚至错误地认为是没有更好的去思考的。（希帕蒂亚）

许多张金字塔的图形，一心琢磨测量金字塔的方法。她想，她不能辜负父亲对自己的厚望。她想出了一个又一个方法，又被自己一次又一次推翻了，她觉得都不可行，都不是最简单最方便的方法。一直到父亲下班回来，她也没有想出好方法。父亲见女儿坐在那里有些不高兴，便问明缘由，安慰她说："更简单更方便的方法肯定会有，只要多动脑筋思考，总会找到。"接着，父亲又给希帕蒂亚讲了有关的数学知识，这让她大开眼界："爸爸，我还是学得不够。"傍晚时分，希帕蒂亚和父亲到家里的小公园散步，边散步她边向父亲问有关测量的数学知识。希帕蒂亚无意中看到了父女两人一高一矮的影子，她又联想了自己的任务，在父亲的启发下，她终于找到了用相似三角形的相关原理测量金字塔高度的方法。父亲高兴地对她说："我聪明的孩子，你有这股钻劲，将来一定会有所成就的。"

女孩当自立

钻劲是什么？钻劲就是一种刻苦钻研的劲头儿，就是为了完成一件事情而不断地探索。一个人，没有一股钻劲，想要在某一个行业有所成就，那是不可能的。

雷锋同志的日记中记载着这样一段话："一块好好的木板，上面一个眼也没有，但钉子为什么能钉进去呢？这就是靠压力硬挤进去的。由此看来，钉子有两个长处：一个是挤劲，一个是钻劲。"

所谓钻劲，就是要开动脑筋，刻苦钻研，就是知难而进，不懂就钻，就是不弄懂弄通绝不罢休。正如俗语所说的那样，"天上不会掉馅饼"，任何成功都需要付出努力，绝无捷径可走。人生，“只有不畏劳苦沿着陡峭山路攀登的人，才有希望达到光耀的顶点”。

“业精于勤，荒于嬉，行成于思，毁于随。”女孩做事要有恒心有钻劲，不能停留在事物的表面，有一种顽强的钻研精神，深入到事物的内部，弄清事物的本质，如此才能取得理想的成绩。

3 总能为别人着想的卡莉·菲奥里纳

人物小传

卡莉·菲奥里纳（1954—　），惠普公司总裁兼首席执行官。出生于美国得克萨斯州奥斯一个带有欧洲血统的家庭。她的父亲是一名法官，母亲是位艺术家。大学毕业后到AT&T工作，后来进入朗讯公司担任全球服务供应部门的总裁。45岁时，到惠普出任第一位女性首席执行官。如今，她已经成为全球最佳女企业家。

卡莉·菲奥里纳的母亲是一位艺术家，母亲无比坚强，对生活更是充满了热爱。在童年时期的卡莉心中，母亲是她最崇敬的人。

卡莉上学前，母亲就教了她许多为人处世的道理。有一次，小卡莉和邻居家的小朋友在自家的草坪上玩，玩着玩着，两个人因为抢玩具闹起了矛盾。卡莉气呼呼地拿着自己的玩具回了家，把小朋友一个人留在了草坪上，小朋友害怕地在草坪上哭了起来。正在忙着做家务的妈妈听见小朋友

睿智箴言

不能选择环境，就选择对策；不能选择出身，就选择目标。（卡莉·菲奥里纳）

的哭声，忙出来看是怎么回事。妈妈发现卡莉还气呼呼地站在自家的院子里，便拉起卡莉的手问："卡莉，是怎么回事？小朋友为什么哭？""她抢我的玩具！我不给她！"妈妈听了卡莉的回答，回身到屋子里又拿出几个玩具，带着卡莉一起回到草坪上，来到那个小朋友身边，然后很温柔地告诉卡莉说："卡莉，她是你的朋友，好玩的东西，要和小朋友一起分享，这样才是妈妈喜欢的孩子，你把这几个玩具送给小朋友玩吧！"卡莉虽然有些不高兴，但她知道妈妈是正确的，于是，拿着玩具主动走到小朋友跟前："我不再让你生气了，我们一起玩吧。"

受母亲的影响，卡莉也成了坚强、勇敢、有魄力、自信、热爱生活，并且总能为别人着想的人。会为人处世，为别人着想，使得成年后的卡莉不管走到哪里都受到同事的欢迎，都能得到周围人的帮助，这也使她的潜能得到最大的发挥，成就了今天的事业。精明能干、坚忍不拔的卡莉曾两度荣登《财富》杂志"最有权威的女企业家"榜首，吸引了全世界商业人士的目光。

有人说："为人处世的本领，我愿意花一辈子的时间去学习。"是的，如何为人处世，在很大程度上决定一个人的一生。一个人不管有多聪明，多能干，学历多高，如果不懂得如何去为人处世，那么她的社交很难说是成功的。为人处世是一门艺术，更是一门学问。

大哲学家歌德说："无论你出身高贵或者低贱，都无关宏旨，但你必须有做人之道。”在现实社会中，每一个人都渴望着有一番成就，很多人为了心中的梦想付出了很多，然而得到的却很少。有些人能力很强，工作也很努力，但成效却不大。许多情况下，这都和他们的为人处世有关。很多人一辈子都碌碌无为，那是因为他活了一辈子都没有弄明白该怎样去为人处世。相反，很多有成就的人，刚出道时都是一无所有，家境不富，没有门路，没有靠山，也没有像样的文凭，但是，他们却能够很好地为人处世。

人活着，不仅仅是为了生存，还为了做成一些事情，成就一番事业，实现为自己、为他人、为社会而设定的理想和目标。一个人能否成大事，重要的不在于他现在有了什么，而在于将来能做什么。为人处世是比金钱、权势、家世、亲友更有用的东西，它是人生中最可靠的资本。只有懂得为人与处世的智慧，掌握了为人处世的方法，才能在生活和工作中洒脱自如，充分展现自我，从容穿越生活的风雨，战胜生活的坎坷，迎来七色的彩虹。所以，成长中的我们，要多学习为人处世之道，这样才能使我们的人生更加精彩！

4 靠才智成功的阿罗约

人物小传

格洛丽亚·马卡帕加尔·阿罗约（1947— ）生于菲律宾班诗兰省政治家家庭，父亲是菲律宾前总统。她曾获金融学学士、经济学硕士和博士。曾在大学里任教，后到政府任职。1998年又以压倒性票数当选副总统，从此走上权力之路。2001年，当选菲律宾总统，2004年大选中获胜连任总统。她也是菲律宾第二位女总统。2004年开始连续两年跻身《福布斯》“世界百强女性风云榜”，阿罗约均排名第四。被称为“亚洲铁娘子”。

阿罗约的全名叫格洛丽亚·马卡帕加尔，阿罗约是她丈夫的姓，出嫁前，她在家中的名字叫格洛丽亚。在她出生之前，父亲在第一次婚姻里有了两个孩子，当格洛丽亚降生的时候，先她出生的两个孩子小的都已经四岁多了。所以，小格洛丽亚成为家人的宝贝、宠儿和注意力的中心。爸爸妈妈都宠她爱她。直到四年以后，她的弟弟降生。

弟弟降生后，小格洛丽亚发现她不再是爸爸妈妈的宝贝、宠儿和家中的焦点了。弟弟才是爸爸妈妈注意力的中心，弟弟才是家里的宝贝，她的地位被弟弟替代导致她越来越嫉妒，她觉得父母不再爱她了。于是她产生了逆反情绪，不再理睬爸爸妈妈，甚至和他们对着干。

正在这时，住在外地的外祖母来了，小格洛丽亚便执意到外祖母家去。当爸爸妈妈问她为什么要去外祖母家时，她十分倔强地说：你们有刚刚出生的宝贝去爱，你们不再爱我了，我没有人要了。爸爸妈妈也没把她的话当回事，以为她不过是想在乡下过个假期，于是也就同意让外祖母带她走。然而，这一走，小格洛丽亚就四年没有回家。后来父亲几次去外婆家接她，小格洛丽亚都拒绝回家，因为在外婆家她生活得很愉快，也很幸福。

睿智箴言

人总在变，我也在不断调整自己。（格洛丽亚·马卡帕加尔·阿罗约）

8岁的时候，在外祖母的劝说下，父母终于把小格洛丽亚接回了家，并把她送进了全国最大、最严格的学校学习，这里聚集着来自显赫家庭的孩子。阿罗约性格倔强，也特别要强，她知道，要想成功不能靠家族的名望，只能靠自己的才智。于是，在学校她不但努力学习，所有的功课都非常出色，而且她还参加学校所组织的一切活动，并且做得都很好，她在学校中永远是优胜者。小学毕业时，她是致告别辞的毕业生代表；中学毕业时，这个角色依旧属于她。她聪明过人，做事一心一意，从不说废话。父亲当上总统后，记者采访问小格洛丽亚有什么爱好，她回答说：“我没有这样或那样的爱好，因为我是理智型的。”那时，她不过11岁。成年后，凭着自己不懈的努力和过人的才智，由普通的政府官员升任为政府部长，最后当选国会参议员、副总统、总统。

女孩当自立

什么是才智？才智就是才华与智力，才智就是才能和智慧，才智就是才能和智谋。才华、才能、才干，智力、智慧、智谋构成了才智的主体。才智从哪里来？没有人生下来就是天才，没有人天生就有才华、才能、才干，更没有人天生就有智慧和智谋，才智靠自己的勤奋学习，靠努力钻研，靠实践经验积累。多看、多听，多学习、多思考、多实践，持之以恒，久而久之，我们获得才能，我们才会变得更有智慧。

犹太家庭的孩子，几乎都要回答这样一个谜题："假如有一天你的房子被烧毁，你将带着什么东西逃跑呢？"如果孩子回答是钱或钻石，母亲将进一步问："有一种没有形状，没有颜色，没有气味的宝贝，你知道是什么吗？"要是孩子答不出来，母亲就会说："孩子，你要带走的不是钱，也不是钻石，而是智慧。因为智慧是任何人都抢不走的，你只要活着，智慧就永远跟随着你。"

智慧点亮人生，拥有智慧我们就能主宰自己的命运。一个人并不是富有就会快乐，也不是努力就能成功，真正决定我们幸福与否的是"智慧"，智慧能指导我们转败为胜，由弱变强，能引导我们过着创造性及自由自在的生活。

智慧是我们生活实际的基础。生活在当下，若没有现代人的智慧，我们就无法在现代社会中生存。智慧是永无止境的，向往智慧、靠拢智慧、汲取智慧之心人皆有之。尤其在今天竞争激烈的时代，作为一个女孩，若没有足够的智慧，就无法生存和发展，就无法在竞争中取胜，更不要说长足发展了。

5 集美貌与智慧于一身的海蒂·拉玛

人物小传

海蒂·拉玛（1914—2000）出生于奥地利维也纳一个犹太银行家家庭。她的父亲是当地知名的犹太银行家，母亲是一名钢琴家。还是少女时她就迷上了表演，放弃了选修的通信专业而到柏林学习表演，后来成为著名的演员和伟大的科学家。

在美国的专利局，曾经尘封着一份1942年的“保密通信系统”专利。直到1997年，美国电子前沿基金会授予了这项专利第一申请人海蒂·拉玛荣誉技术奖章，此时，她才真正进入人们的视线。

因为出身显赫的家庭，海蒂从小生活富裕，衣食无忧，并受到良好的教育，但与大多数名门闺秀不同，她的骨子里就有些许的叛逆。本来，她已经按父母的想法参加通信专业的学习，可是她却迷上了表演，15岁时，她不顾父母的坚决反对，跟随一个戏剧导演去了德国。凭着无与伦比的外表和表演才能，16岁时，海蒂就在一部电影里找到了角色。不久，因为她的出色表演，一家电影公司邀请18岁的海蒂担当电影《神魂颠倒》的女主角，她因此一炮而红。不久，一个支持德国纳粹分子的奥地利军火商娶了她，军火商把她关在家中，不允许她再去演电影，这让海蒂很是苦恼。可

睿智箴言

比我聪明的都没我漂亮，比我漂亮的都没我聪明。（海蒂·拉玛）

这也让她有了意外收获，聪明的海蒂从丈夫那里学到了无线电信号遥控鱼雷和无线通信干扰技术。后来，她想办法摆脱了军火商丈夫，重回了电影界。

看到纳粹分子疯狂地屠杀犹太人同胞，痛恨纳粹的海蒂决定投身科学界，她想为正义力量战胜纳粹做点事情，她更想证明，自己除了拥有一张漂亮脸蛋外，还是一个聪明而有智慧的人。于是，她决定与一个极度痛恨纳粹的作曲家朋友一起，研发能够抵挡敌军电波干扰或防窃听的军事通信系统。经过一年多的努力，他们完成了这项研究，并且获得了美国的专利，这项技术就是“扩频通信技术”（也就是今天CDMA的前身）。他们将这项专利送给美国政府，希望能够对打击德国纳粹有所帮助。直到今天，海蒂对全球无线通信技术所做的贡献仍旧无人能及，是当之无愧的“扩频之母”，甚至称得上“手机之母”。

女孩当自立

每一个女孩子，都希望自己长相漂亮，拥有一张漂亮的脸蛋和一副完美的身材，但是，海蒂·拉玛的故事告诉我们，女孩因为美貌更容易实现梦想，可是美貌并不重要，它并不是实现梦想的必要条件，智慧才是女孩成就人生理想的必需。

一个女孩子能否拥有美貌，很大程度上取决于天生，但一个女孩子能否拥有智慧，却完全凭借后天的修炼。所以，没有美貌并不可怕，而且，一个女孩子只要懂得得体地穿着打扮，即便姿色平平也会平添几分美丽，因为比外在的装扮更重要的是智慧的修炼。

今天，一个人的美貌是可以通过各种手段改变的，但一个人的智慧是花多少钱也买不到的，所以，美貌与智慧相比，智慧更重要，智慧是人的一种内在美，是一个人内涵的表现。一个女孩只有将自己用智慧武装起来才能在这个社会站稳脚跟。

虽然想成为智慧女孩看似不容易，但只要我们有决心，就可以通过很多途径实现，比如多读书，腹有诗书气自华；比如多和优秀的人交往，学习优秀的人的思想品德；学习像男孩子那样理性地思考；多向智慧而成功的女性取经……有句话说得很好，“人不是因为美丽而可爱，而是因为可爱而美丽”。智慧才是一个人一生的财富，而拥有智慧的女孩更能使“财富”滚滚。

6 勇于挑战自我的陈李婉若

人物小传

陈李婉若（1936— ），本名李婉若，出生于天津的一个书香门第，13岁时随父母移居台北，后去美国读书。她是美国历史上首位华裔女市长和颇有名望的美籍华人女政治家。曾出任福特、卡特、里根和克林顿四任总统的政府高级顾问，并担任美国华人组织“百人会”会长。由于其超群的才华和表现，曾被美国总统克林顿褒奖为“具有东方文化教养的美国政坛魅力女神”。

陈李婉若的父亲曾是天津一所中学的校长，因从事地下抗日工作，被日军抓进牢狱，受尽折磨。父亲的被捕，对幼年的婉若影响甚大。父亲出狱后，把她和她的姐妹们叫到一起，沉痛而严肃地对她们说：“永远不要忘

睿智箴言

我们要用自己的双手为华人撑起一片生存的天空，保护我们的权益不受侵犯。（陈李婉若）

记‘东亚病夫’这充满奇耻大辱的四个字。中国一定要富强起来！你们长大了，要为中国的富强努力！”

大学毕业后，陈李婉若去美国留学，初到美国的那几年，陈李婉若的生活异常艰难。为了偿还债务、增加收入、完成学业，她到饭店刷碗端盘洗碟子，到洗衣店做勤杂工，去残疾病人家中料理家务，还曾做过速记、打字及电台记者，经常夜以继日地工作，每天奔波于家庭与学校之间，要学习，又要照顾丈夫、儿女，其辛苦可想而知。许多时候她都快坚持不住了，但她还是挺了过来。这种贫穷、忙碌的生活，不仅没有压垮她，反而使她养成了有条理、有规律的良好习惯。经历了艰难打拼，她终于在美国站稳了脚跟。

陈李婉若从小就喜欢热情洋溢的演讲，喜欢挑战，具有进取精神和超出一般人的精力和热情。正是这种积极向上的生活态度，让她能够不怕困难、笑对人生。硕士毕业后，她选择在最底层做起，在一家医院当社会工作人员。因表现优异，三年后即被擢升为医院社工部主任。出色的工作业绩让她在社会上也有了些名气，此后步入政坛。那时候，华人在美国政府机构内任要职的非常稀少，以致她在洛杉矶任某部门的局长时，门口的白人警卫不认识她，还以为她是来找人的；听说她来上班，问她给谁当秘书，却怎么也没想到她是局长。因其卓越表现得到了社会各界的好评，1973年，陈李婉若入选“洛杉矶十大杰出妇女”。

为了竞选议员，陈李婉若几乎跑遍了所有的选民家拉票。她耐心地敲开人家的大门，微笑着递上自己的宣传文稿，结果这区的选民都投了她的票。后来，通过竞选，陈李婉若又出任蒙特利市公园市市长，成为美国历史上第一位华裔女市长。在她的领导下，原本默默无闻的蒙市获得了“全

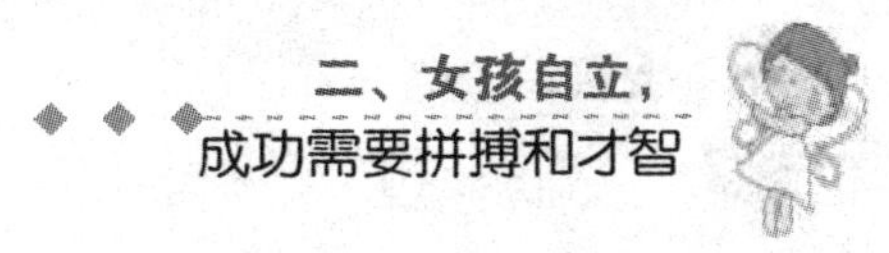

美模范城市”的荣誉，陈李婉若也因此被誉为“改写南加州历史的华裔女市长”。

女孩当自立

“勇敢减轻了命运的打击”，这是古希腊哲学家德莫克利特的名言。而人生常常遇到许多难题，做一个勇敢的人，做一个勇于挑战自我的人，不是一件易事。因为勇敢不能遗传，人并非天生就具备勇敢的品质。勇敢的获得需要培养，需要锻炼，是在生活的基础上一点一点积累起来的。

每个人在前进过程中都会面临困难，有的人在困难面前退缩了，有的人在困难面前迟疑了，有的人在迟疑后勇敢地迈出了一步，也许是一小步，却迈出了勇气与决心，也迈出了一片全新的天地。

有人说：“人生就好比一场拳击比赛，充满了躲闪与出拳，如果足够幸运，只需一次机会、一记重拳而已，但首要的条件是你必须得顽强地站着，这就是坚持。”坚持，这个词说来简单、容易，但实质上做起来却需要一个人极大的意志支撑着它，这坚持里面，包含了许许多多的辛酸、艰难、困惑、委屈……然而，当我们挺住了，我们便能享受到幸福、喜悦、快乐乃至荣誉。

人生需要坚持，人生需要挑战自我。我们只有一步步脚踏实地地向前，只有心怀希望地拼搏，只有咬紧牙关将困难踩在脚下，敢于去尝试，不断向着更高的目标挑战，我们才会成就人生的梦想。

7 自强不息的莉斯·默里

人物小传

莉斯·默里（1980— ），出生于美国纽约贫民窟。美国励志演说家，她被称为感动全美的“奇迹女孩”，她以自立自强考上哈佛的经历激励人们跨越困境去追寻自己心中的梦想，人们称她拥有世界上最阳光的笑容。

小时候，因为吸毒，父母甚至花光了政府给莉斯·默里和妹妹的生活补助费，以至于她和妹妹经常挨饿，用她自己的话说：“我们那时吃冰块，是因为这样我们会有‘吃到食物’的感觉。我们把一条牙膏分成一人一半，当做晚饭吃。”为了活着，她8岁开始沿街乞讨。为了凑足钱买毒品，母亲曾把她过生日的钱偷走，家里唯一的电视机以及感恩节的时候教堂给他们家的一只火鸡都被母亲卖掉了。没有人管莉斯，她总是满身虱子出现在学校，因为身上异味和衣衫褴褛而被人欺负，最后不得不辍学。

15岁时母亲死于艾滋病，父亲又进入收容所，从此她流落街头成为流浪女。没有了家，莉斯有时睡在地铁上，有时睡在公园长椅上。可是她喜欢读书，在偷人家食物时会顺便偷些书，然后找一个没人的地方阅读。

17岁的时候，她觉得自己这样下去也会和妈妈一样，所以，她决定马

上改变自己，不然就没有机会了。尽管她无处可住，尽管这么多年来她从未正正经经地上过学，但是她发誓要成为一个优等生，并且要求自己在两年内完成高中教育。为了改变自己的命运，她开始拼命地读书学习，白天自学，晚上去夜校。她用两年的时间完成了四年的课程，获得了“《纽约时报》一等奖学金”，并以全优的成绩考入哈佛大学。

睿智箴言

我做出改变的时间要么是现在，要么就永远不可能了。（莉斯·默里）

大学毕业后，她在全球各地发表演说，激励人们跨越困境去追寻心中的梦想。如今莉斯·默里已经是一名美国励志演说家，她被称为感动全美的“奇迹女孩”，她以自立自强考上哈佛的经历激励人们跨越困境去追寻自己心中的梦想，人们称她拥有世界上最阳光的笑容。美国总统比尔·克林顿和英国首相托尼·布莱尔都接见过她，和她一起探讨人生。人们把她的故事编写成书，拍成电影，取名《风雨哈佛路》，也叫《最贫穷的哈佛女》。

女孩当自立

古往今来，凡成大事者，皆为自强自立之人，他们是生活中真正的强者，懂得“上帝只救自救之人”的道理，在挫折中不断砥砺自己，在困境中不断挑战自己。有人说：苦难与挫折构成人生一道风景，唯有自强不息才能使“风景这边独好”。是的，苦难并不可怕，自强不息才能无敌，只有经历地狱般的磨难，才有创造天堂的力量，只有自强才能帮我们创造奇迹。

“自强”一词出自《周易》“天行健，君子以自强不息”。意为自尊自重，不断自力图强，奋发向上。自强是中华民族的传统美德，几千年来，中华民族以自强不息的精神创造了伟大的东方文明，屹立于世界民族之林。从凿壁偷光的匡衡到忍辱著书的司马迁；从弃医从文救百姓的鲁迅到身残志坚的张海迪，无数炎黄子孙自强不息的精神品质，鼓舞了一代又一代青年。自强是个人成就伟大事业的的精神动力，一个人只有具备自强不息的精神品质，才不会被困难和挫折打败，才能在崎岖的人生历程中，坚定、持久地保持旺盛的斗志和进取的精神，为实现既定目标不懈地努力追求。

此外，作为万物灵长的人类，其生存法则是“自立者强，自强者胜”。自强是努力向上、奋发进取，是对美好未来的无限憧憬和不懈追求；自强是不屈不挠、顽强拼搏，是在任何困境中知难而进。自强者不怨天尤人，永不言败；自强者品质坚韧，百折不挠。自强可以激发我们内心蓄积的庞大力量，这种力量可以战胜一切困难，可以冲破一切障碍，这种力量可以扶携我们渡过一个又一个难关。自强者未必都能成事，但不自强而成事者天下未之有也。

一个人的人生有所成就主要不在于环境的好坏，而在于是否有坚定的意志、坚强的决心、执着的追求和崇高的理想。养成自强品质，铸就自强精神，才是人生胜利之本。

8 贪婪地读书的戈迪默

人物小传

纳丁·戈迪默（1923— ），南非女作家。生于约翰内斯堡附近一座名叫斯普林斯的小城中。从小喜欢写作，13岁发表作品，至今已著有20多部长篇小说和短篇小说集。1991年，获诺贝尔文学奖。代表作品有《我儿子的故事》、《新生》、《说谎的日子》、《陌生人的世界》、《六英尺土地》、《星期五的足迹》等。

有一个小女孩，八岁时，她因患病离开了学校，从此中断了学业。母亲一直担心她身体娇嫩、病魔缠身，所以对她格外疼爱，甚至不让她参加任何体育活动。可是小女孩很要强，她不想自己将来什么也做不了，夜晚，她常常偷偷流泪，期盼着明天身体会好转，然而，身体总不见好，她只好终日坐在床上与书为伴。慢慢地，她喜欢上了读书，把读书当做自己的生活乐趣。

有一天，她偷偷地走上了大街，在街上她发现了一家图书馆。她欣喜若狂，早已将读书当做生活乐趣的她，最渴望的莫过于读书了。此后，她迷上了这家图书馆，整日泡在书堆里。

她如饥似渴地读着那些书，图书馆下班铃响了，她就钻到桌子底下，

睿智箴言

身体是我们个人的家，语言是我们和其他人共同生活的家。（纳丁·戈迪默）

等图书馆的人都走了，她再钻出来，在这自由自在的“王国”里，她尽情而贪婪地汲取着知识的营养。稍长大一些，她主动到图书馆去帮忙。凡启迪心灵的好书，不论是小说或散文，她都不放过。

书读得多了，她被书中的故事吸引，就想自己动笔写故事，于是，9岁时她便开始尝试写作。13岁时，在约翰内斯堡《星期日快报》儿童版上发表了一篇寓言故事《追求看得见的黄金》，从此开始了笔耕生涯。15岁时，她的第一篇小说在当地一家文学杂志上发表了。几年以后，她的第一部长篇小说《说谎的日子》问世。优美的笔调、深刻的思想内涵，触动了当时的文坛，人们开始将关注的目光投向了这位年轻的女作家。漫长的创作生涯，她相继写出10部长篇小说和200多篇短篇小说，并获得了多个奖项，68岁时，她获得了“诺贝尔文学奖”。

书籍是人类进步的阶梯，是导航的明灯。人类自从文字产生以来，历代的文明成果大都记录在案，要继承前人的成果，继续发展，就必须读书。古人云：书中自有黄金屋，书中自有颜如玉。怎样获得书中的“金”和“玉”？答案只有一个：读书。读书是获取知识的重要渠道，立志成才者必须有一定的知识涵养，这就需要多读书，用知识来武装、丰富自己的头脑，为成才奠定基础。读书与成才是因果关系，读书未必能成才，但不读书是肯定不能成才的。一个人读书即使成不了才，也可以提升自己的学识和修养。正像古人所讲：“读书即未成名，究竟人品高雅。”

“读书百遍，其义自见”，这句话告诉我们智慧是勤学的结晶，成就是苦读的化身。“扬州八怪”之一的郑板桥，天资并不聪明，记忆力也不好，但勤奋刻苦，最终成为一代作家；苏秦“引锥刺股”、白居易“不遑寝息”、顾严武“马背书倌”……正是这种苦学精神，成就了他们的人生，从而名留青史，为后人所称颂。

一个成才的人，首先就是一个有素养的人。要想成才，没有丰富的学识是不可想象的，自古至今，没有一个成才的人是一个毫无学识素养的人。从前没有，现在没有，将来也不会有。成才靠知识，获知靠读书，所以，对今天成长中的我们来说，要成才唯有多读书。

9 终身为穷人服务的特蕾莎修女

人物小传

特蕾莎修女（1910—1997），出生于奥斯曼帝国科索沃省的斯科普里的阿尔巴尼亚裔家庭，世界著名的天主教慈善工作者，主要替印度加尔各答的穷人服务。因其一生奉献给解除贫困，于1979年得到诺贝尔和平奖。是除爱因斯坦和马丁·路德金外，诺贝尔奖百余年历史上特别受尊崇的获奖者之一。

特蕾莎修女的本名是艾格尼斯·刚察·博加丘，她从小就是一个心地善良的孩子。12岁时，她便加入一个天主教的儿童慈善会，从那时起，她就感觉自己未来的职业是要帮助贫困人士。15岁时，她到印度接受传教士训练；21岁，正式成为修女；26岁，更决定终身要终身成为修女，并改名为

睿智箴言

你今天做的善事，人们往往明天就会忘记，不管怎样，你还是要做善事。（特蕾莎修女）

特蕾莎修女。

那时候，印度贫富差距非常大，看到满街都是无助的病人、乞丐、流浪孩童，特蕾莎修女强烈地感受到自己要为穷人服务。1947年，因为战乱，她所在的加尔各答市涌入了数以万计的难民，传染病在街头巷尾暴发开来，城市的街头活像人间地狱。这些景象折磨着特蕾莎修女的心，在她的多次努力下，教皇允许她以自由修女身份行善，并拨给她一个社区和居住所让她去帮助那里有需要的穷人。特蕾莎修女马上去接受医疗训练，并寻找帮手。1950年10月，特蕾莎修女组织了其他12位修女，成立了仁爱传教修女会（又称博济会）。

有一天，特蕾莎在路边发现了一位老妇人倒在路上。她蹲下来仔细一看：破布裹着脚，爬满了蚂蚁，头上好像被老鼠咬了一个洞，残留着血

迹，伤口周围满是苍蝇和蛆虫。她见老妇人还有一口气，便为她赶走苍蝇，驱走蚂蚁，擦去血迹和蛆虫，尔后又把老妇人送进医院。医院没有地方收留这样的病人，特蕾莎又联系当地卫生部门，在一座寺院里为贫困的人找到一个安顿的地方。有了寺院做安顿之所，不到一天的时间，她就将三十多个贫困的人安顿下来。其中有个老人，在那里临死前拉着特蕾莎的手低声地说："我一生活得像条狗，而我现在死得像个人了，谢谢。"

就这样，特蕾莎带领修女们开始了帮助贫苦无助的人们。她在贫民窟办露天学校，让那些没钱读书的孩子上学；她收养那些骨瘦如柴、疾病缠身、先天残疾的弃婴，开办贫病、垂死者收容院，并取名"静心之家"。收容院开始急速扩大，因人手不足，她开始招募世界各地的义工。通过义工的口耳相传，有许多人都参加到她的义工活动中来。

特蕾莎修女享年87岁，一直到逝世的前几个月，她还在做着为穷人服务的工作。她的终身侍奉最贫穷的人的精神，让许多人为之感动。

我们可能达不到特蕾莎修女那么高的境界，但是我们可以做到遇事多替别人着想，多为别人做点有益的事。在我们做事的时候，别只顾及自己，多想想别人。我们生活在社会当中，每个人都不是独立存在的，我们所做的事总会直接或间接地影响彼此。从这个角度说，懂得换位思考，多为别人着想，人与人之间才能和谐融洽地相处。

有这样一则故事：一个盲人在夜晚走路时，手里总是提着一盏明亮的灯笼。人们很好奇，就问他："你自己看不见，为什么还要提着灯笼走路呢？"盲人说："我提着灯笼，既为别人照亮了路，同时也容易让别人看到我，不会撞倒我。这样既帮助了别人，也保护了我自己。"这则故事告诉我们：遇到事情，要肯替别人着想，替别人着想也就是为自己着想。

北宋哲学家程颐曾说：遇到事情肯替别人着想，这是第一等的学问。为别人做好事并不是一种责任，而是一种快乐。因为它能增加我们的健康和快乐。如果能够做到多为别人考虑，人与人之间才会最大限度地减少冲突和内耗，我们每个人才会真正地感受到社会大家庭带给我们的温暖。多为他人着想，以自己好的行为感染、带动周围人，让更多的人加入到文明队伍中来，这样我们的生活环境才会更美好。

替别人着想，是一种胸怀、一种博爱、一种境界，是现代青少年必备的道德素养之一。适应现代社会，不仅要学会读书，更要学会做人，学会关心别人，学会奉献，学会与人合作，这一切都离不开多替别人着想。

伟大起于平凡，慈善起于家。善待父母、善待爱人、善待子女、善待兄弟姐妹……让爱充盈自我的心灵，用“心”去关爱身边的每一个人。

三、女孩自立，要做个有信念的赢家

信念的力量是伟大的，它支撑着我们生活，催促着我们奋斗，推动着我们进步，正是它，创造了世界上一个又一个的奇迹。

1 绝不后退的巴切莱特

人物小传

米歇尔·巴切莱特（1951—　），出生于智利首都圣地亚哥的一个军官家庭。智利政治家，智利历史上第一位女总统，也是南美历史上第一位民选女总统。2011年，总统任期结束后，她出任联合国妇女组织主席。

少女时代的米歇尔·巴切莱特一直跟着当军官的父亲辗转国内外多地生活和学习，这些经历和受做军人父亲的影响，培养了她坚强的性格，选择了目标就绝不后退。刚进入大学学习不久，她便积极参加政治活动，作为学生领导人组织学生运动。不久，国家发生了军事政变，她的父亲惨遭迫害致死。她和母亲也遭到军政府拘捕，巴切莱特和母亲不断抗争，数月后获释。但被迫中断学业，与母亲流亡国外。

国内政治情况好转后，巴切莱特回到祖国，完成学业后做了一段时间的儿科和传染病科医生。可对国家政治更感兴趣的她决心投身政治，她觉得投身政治，能够有更大的舞台为国家工作、为民众服务。选定了目标就去做，巴切莱特坚强有魄力，不知疲倦地工作，她是一个具有亲和力和诚信度的女性，受到同事们的好评。因此，她先后在政府中任卫生部部长和国防部部长。为解决群众看病难和协调政府与军队的关系做出了贡献。

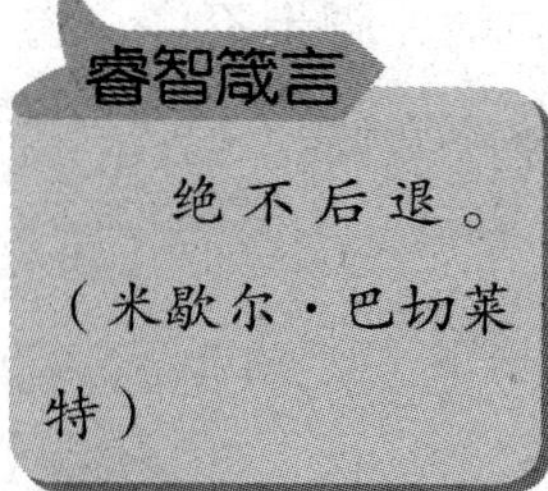

53岁时，她辞去国防部部长，为竞选总统做准备。除了每天操劳工作、准备竞选之外，她还要按时回家，给三个孩子做饭、洗衣，每天要按时接送孩子上学。工作、生活相当劳累和辛苦，但巴切莱特绝不后退。她的坚韧不拔的精神影响和感染了智利民众，2006年，55岁的她终于击败竞争对手，成为智利第一位女总统。

成为总统后，作为一名单身母亲，巴切莱特一边勤奋忙于国事，一边养育着自己的三个孩子，不管遇到多少困难，她都绝不后退，她努力尽到自己做总统的责任，受到人民的爱戴，她对儿女的关爱又表明了她的家庭道德观，这一点使她赢得了许多智利妇女的心。

她说："我是一名智利妇女，与其他数百万智利人毫无不同。我上班工作，照顾家庭，送女儿上学。与此同时，作为一名智利人，我为正义而战，为民众服务。"

绝不后退，绝不放弃，既然选择了自己的人生道路，选择了我们认为正确的事，就坚持到底，绝不回头、绝不后悔、绝不后退。

一个人要想从普通人的平凡业绩达到伟人的丰功伟绩，都离不开坚持不懈。伟人的高贵品质完全是由平时点点滴滴的积累，事无巨细的倾心关注所造就的。做一件事与做人之道都少不了坚持不懈的精神，只有多一分坚持，多一分守望，我们的信念才有支撑，生命才有希望，生活也才有奔头，追求也才有方向，人生也才觉有趣，做人也就有成就感。

人生，其实就是一个不断挑战自我、战胜自我、自立于世的过程，顺境也好，逆境也罢，努力前行不后退永远是最重要的。人的一生应当永远向前，脚步不停，追求不止，即使遇到艰难险阻，甚至遭到挫折坎坷，也永不言败。

2 只做自己的英德拉·努伊

人物小传

英德拉·努伊（1975— ），出生在印度南部城市晨奈的一个中产阶级家庭，百事公司主席兼总裁。她被誉为百事的“首席建筑师”。2009年9月28日，英国《金融时报》公布了全球50大最具影响力商界女性，努伊排第一位。

成长故事

英德拉·努伊从小就喜欢做自己想做的事，很少按照大人们的期望去做事情。在她还是青少年时，多数印度少女都把时间花在学习做家务等琐事上，但性格要强、生性好动的她却一反传统，积极参加各种社会活动，她组建了一个全部是女孩的摇滚乐队，劝说同伴女孩参加她们的乐队，然后带领乐队四处演出，同时她还报名参加了一个女子板球队，到那里去打球。

英德拉的妈妈是个很开明的母亲，每天晚餐后，她都会与孩子们一起交谈，允许她们就所有的事情发表意见，接着组织孩子们对每个人的发言进行投票，获胜者都有一点小小的奖励。英德拉每每都能获胜，这使她逐渐积累起自信和对成功的渴望。

大学毕业后，英德拉进入当时印度仅有的两所商学院之一——加尔各答的印度商业研究所学习工商管理硕士课程，毕业不久，美国耶鲁大学管理学院的一则广告吸引了她的目光，英德拉决定去这所大学学习。没想到她还真被录取了，而让她更为惊喜的是，原来不太赞成孩子到国外学习的父母也同意她前往美国学习。因为在当时，一个有着良好教养的、保守的婆罗门（印度四种姓之一，为古印度一切知识之垄断者，印度社会最高贵种姓）女孩做这样的事情，简直是闻所未闻的。这可能会使她完全失去结婚的机会。不过英德拉向来秉持的信念是：做你自己。她抛开当时社会习俗的偏见，毫不犹豫地前往美国求学。这一决定，改变也成就了她的人生。

睿智箴言

如果你做一个工作，就一定要做得比别人好。（英德拉·努伊）

2006年，因为英德拉·努伊的才干、勤奋和努力，敏锐的洞察力和正确的决策能力，她成为百事公司的首席执行官。她也是百事公司的第一位女性掌门人。

女孩当自立

生活在当下的人们，被巨大的社会压力压得喘不过气来。为了生存，不得不模仿别人，使自己的亮点和特色被淹没得一干二净。但是，保持本色，做你自己更重要！因为每个人都有独特的性格和人格魅力，所以，不要迷失自己而去做他人的替身。对一个人来说最可怕的就是不能成为自己，不能保持自我。青年导师李开复在他的《做最好的自己》中说："每一个人都有自己的特长和潜质，在多元化成功的模型中，只要主动选择，每一个人都有成功的机会。"他总结说："成功就是做最好的自己。"所以，我们无须掩饰，无须装扮，放心把自己展现出来，做自己的主宰。也许我们会发现自己原来这么有才华，原来自己也很完美！不必羡慕别人，更不要一味地仿效别人，每个人所拥有的才华、背景本来就不尽相同，唯有珍惜、善用我们所拥有、所具备的，并将之发扬光大，才有可能闯出自己的天地！要相信：你自己是最棒的，模仿别人只会扼杀你的创造力。

我们只有做最好的自己，才能不断地超越自我，才能立于天地间。

3 登上科学殿堂的罗莎琳

人物小传

罗莎琳·苏斯曼·雅洛（1921— ），出生在纽约布朗克斯一个中下层犹太人家庭。1941年毕业于纽约市亨特学院，1945年获得利诺斯大学哲学博士学位。1946年，担任亨特学院教授。自1950年开始长期在布朗克斯退伍军人管理局医院任职，从事医学科学研究，1977年获得诺贝尔生理学和医学奖。

罗莎琳从小就是一个性格倔强，选择了路就绝不回头的孩子。17岁那年，她阅读《居里夫人传》，居里夫人的事迹使她很受感动，她在心里默默地对自己说："我要以居里夫人为榜样，做一名科学家，成就一番事业！"从此，她便认定居里夫人的路就是自己要走的路。她的这一想法，在周围的人看来简直是天方夜谭。是的，那时候，一个犹太人，又是一个女孩子，要当一名科学家谈何容易。

高中毕业时，母亲希望罗莎琳当小学老师；大学毕业时，父亲希望罗莎琳去当中学老师。他们都觉得，女孩子在学校当一个老师，有一份稳稳当当的工作做，那就很好了。可罗莎琳坚决地告诉他们：“我的志向是做一名科学家。”父母都劝她当科学家太难了，但罗莎琳没有退缩，历尽艰难之后，20岁的罗莎琳取得物理学与化学学士学位。此时，一个大学的老教授很赏识罗莎琳的勇气和坚毅的精神，破例收她当一名助教，并让她管理一个实验室。罗莎琳开始了她追求科学的梦想。她知道，在通往科学殿堂的路上一定会布满荆棘，一定会遇到无数坎坷，但她也要义无反顾地走下去。

睿智箴言

一个女人如果想做得有男人的一半那么好，就必须付出比男人多一倍的努力。（罗莎琳·苏斯曼·雅洛）

1947年，当时的美国有很多糖尿病患者，其中绝大多数病人属病因不明的“成年糖尿病人”，这个问题困扰了许多科学家。罗莎琳决心投身这个问题的研究。经过了无数次的试验， 1959年，她终于获得了成功。从1972～1976年，她先后荣获12项医学研究奖。1977年她荣获了这年的诺贝尔生理学及医学奖。这位优秀的女性，终于登上了“男人王国”的讲坛，成为世界著名的科学家。

“一个女人如果想做得有男人的一半那么好，就必须付出比男人多一倍的努力。”罗莎琳·苏斯曼·雅洛的话可谓意味深长，道出了她在科学研究和追求人生成功的道路上，比一般人多付出了数倍的辛劳和努力。

每一个人都希望通过奋斗追求自己的梦想，有的人是在工作的岗位上奋力拼搏，有的人在创业的路上努力打拼，而有的人则在学校里为未来的人生学习、奋斗。其实在这个世界上，天生的高手并不多，成功者只不过是比普通人多了几分勤奋刻苦和坚持不懈而已。“想要出类拔萃，必须比别人多付出”，我们都明白这个道理。正如作家威尔逊所说：“一个人有自信，然后全力以赴，任何事情十之八九都能成功。”

有记者问美国篮球明星科比：“你为什么如此成功？”科比反问记者：“你知道洛杉矶凌晨4点的样子吗？”记者摇摇头。科比说：“我知道每一天凌晨4点洛杉矶的样子。”成功没有其他原因，成功就是比其他人多付出。

4 坚守信仰的克拉拉·蔡特金

人物小传

克拉拉·蔡特金（1857—1933），出生于德国萨克森地区一个教师家庭。德国和国际工人运动活动家，德国社会民主党和第二国际左派领袖之一，德国共产党创始人之一，无产阶级革命家，国际妇女运动领袖。

克拉拉小时候非常聪明，而且善于思考问题，所以父母希望她长大后能成为一名女教师。那时候，为了丰富她的知识，父亲经常在课余为她找一些书阅读，克拉拉也酷爱读书，她在爸爸的藏书中找到两部叙述瑞士和法

国革命的禁书。瑞士民族英雄和法国革命勇士们的故事，使得她兴奋不已，她恨不能跟随他们参加街垒中的战斗。克拉拉怀着对英雄们的崇拜之情，一次次地给村里的小伙伴们讲这些故事，她那充满激情的语调，总使小朋友们屏住呼吸，仔细倾听。听完，克拉拉就带着他们按故事中的情节做游戏。从那时候起，她就懂得一个人必须准备为自己的信仰牺牲生命。

睿智箴言

我不能放弃我的信仰。（克拉拉·蔡特金）

少女时代的克拉拉对发生在自己周围的一些现象迷惑不解：富人们不干活，却天天吃肉、喝牛奶，穿好料子的衣服和结实的鞋子；而那些织袜工和手工业者从早到晚忙个不停，却只能吃土豆，穿补丁衣服。为什么人有穷有富？为什么穷人和富人的差别这么大？她经常拿这些问题去问父母，可父母也说不清。

随着年龄的增长和知识的增加，克拉拉思考的问题也越来越多了：为什么一些不愁吃穿的富家孩子跟着家庭教师闲逛，而穷人家的孩子则挎着沉重的报袋到街上叫卖；为什么一些阔太太能身着裘皮狐领大衣，脖颈上和手指上的贵重珠宝闪闪发光？这些东西如果卖了，足够一个纺织工人全家用上好几年？克拉拉思考着消除贫困的办法，但百思不其解，她去请教老师，老师开玩笑地把她叫作“世界改造者”。

克拉拉暗想：“世界改造者”，对，我就是要努力改造这个社会！十七八岁时，她就积极参加工人集会，接触那些工人革命者，阅读进步书籍，她的思想和信仰也一点点发生了变化。父母强烈地反对女儿去参加那样的集会，他们锁上家门，克拉拉就从窗户出入。和她关系最好的老师用威胁的口吻说，如果克拉拉不与那些“罪恶的暴徒”断绝来往，就和她脱离师生关系。经过几天的思想斗争，她含着眼泪激动地对她所尊敬的老师说：“我不能够违背自己的信仰。”从此，为了自己的信仰，克拉拉离开了家庭，走上了为改变社会，改变穷苦人的生活而奋斗的革命道路。终于成为一个出色的无产阶级革命家和国际妇女运动领袖。

女孩当自立

信仰就是对某种主张、主义、宗教或某人极度相信和尊敬，拿来作为自己行动的指南或榜样。信仰，不仅仅是理想、目标，而是更高层次的追求，是一个人终身为之奋斗的东西，是表现人生价值意义的东西！一个有信仰的人，做任何事，都会坚持自己的信仰，并且为信仰而努力。

中国古代哲学家张载提出："为天地立心、为生民立命、为往事继绝学、为万世开太平。"这是张载的人生信仰。革命烈士方志敏说："敌人只能砍下我们的头颅，绝不能动摇我们的信仰！因为我们信仰的主义，乃是宇宙的真理！"为了自己的信仰，先辈们宁肯牺牲自己的头颅。19世纪美国作家惠特曼说："没有信仰，则没有名符其实的品行和生命；没有信仰，则没有名符其实的国土。"每个人都可以拥有属于自己的信仰，人没有信仰，就没有品行和生命。所以，信仰不是虚的东西，而是实实在在存在的。信仰每天都在我们身边存在着和发生着：多一份责任，你就多了一份信仰；多一份精细，你就多了一份信仰；多一份付出，你就多了一点信仰；多一份爱心，你就多了一份信仰；多一份平和，你就多了一份信仰……

克拉拉·蔡特金说："我不能放弃我的信仰，一个人必须准备为自己的信仰牺牲生命！要想完成伟大的事业，必须富有热情。毫无理想的女人很美，但她们是空虚的。"作为一名成长中的女孩，我们更应该有自己的信仰，因为，信仰让我们变得宁静，信仰让我们变得安详，信仰让我们变得充实，信仰让我们变得崇高。反之，失去信仰、没有信仰，我们的人生往往变得黯淡无光。

贤者说："有一种力量，无处不在；有一种精神，无坚不摧；有一个口号，我们要永远叫响，那就是信仰。"信仰是我们冲出黑暗的指路明灯，信仰是我们走向光明的铺路石，信仰是我们迈向卓越的导航仪。不积跬步，无以至千里，不积小流，无以成江海。心中有坚定的信仰，才会有行动上的自觉和坚定。坚定的信仰，是战胜艰难困苦，走上人生颠峰的保证。

5 不惧重来的查德威克

人物小传

费洛伦丝·查德威克（1918—？），出生于美国一个普通的市民家庭，从小爱好游泳，得到了父母的大力支持。经过刻苦训练，终于成为世界著名的游泳健将，1950年，她独自横渡了英吉利海峡，这使她名声大噪。

横渡英吉利海峡两年后，费洛伦丝·查德威克想再创一项新的纪录。她决定从卡德林那岛游向加里福尼亚海滩。她从卡德林那岛起程，当她游近加里福尼亚海岸时，嘴唇已冻得发紫，全身一阵阵地打颤，因为她已经在海水里泡了16个小时。她向远方望去，远方一片白茫茫，她看看周围，就连一直伴随和保护她的小艇也难以辨认了。她不知道终点还有多远，心里开始疑惑起来，失去了开始下水时那种信心和勇气了，她觉得自已难以坚

睿智箴言

人生要不怕失败，失败并没有什么，关键是要敢于重来。（费洛伦丝·查德威克）

持。她请求小艇上的朋友们把她拖上小艇。艇上的人告诉她只有一英里远了，只要再坚持一下，她的目标就能实现了，还给了她很多鼓励，让她不要向困难低头。但费洛伦丝·查德威克再看看远方，海岸根本没有踪影，她以为朋友们在骗她，就坚决要求朋友们把她拖上小艇。无论艇上的人怎么劝她，她也不想再坚持了。她感到自己快要不行了。朋友们只好把她拉上了小艇。果真，小艇很快就来到了海岸。后来，当查德威克对别人谈起此事时，她感慨地说："如果当时我能看到陆地，就一定能坚持游到终点，就差了那么一点点我就没坚持下去。"通过这件事，查德威克认识到，阻碍她成功的不是大雾，而是自己内心的那种疑惑。

于是查德威克决定重来，可是朋友和家人都劝她慎重作决定，可是她认准的事，就要坚持做到底。两个月后，查德威克又一次尝试着游向加里福尼亚海岸。这次，她吸取了上一次的教训，一直坚持到底，终于获得了成功。到达终点的查德威克告诉在那里等待采访的记者："人生要不怕失败，失败并没有什么，关键要敢于重来。"

查德威克说："人生要不怕失败，失败并没有什么，关键要敢于重来。"永不言弃，敢于重来，这是一种坚持到底的精神，这是一种相信自己能够做得更好的勇气，这也是一个人成长的关键。在大海上航行的船没有不带伤的。在困难和挫折面前，重要的不是我们有没有能力去战胜它，而是人的精神和心态。

有的人一遇到困难和挫折，便以为自己已经无能为力了，他们幻想奇

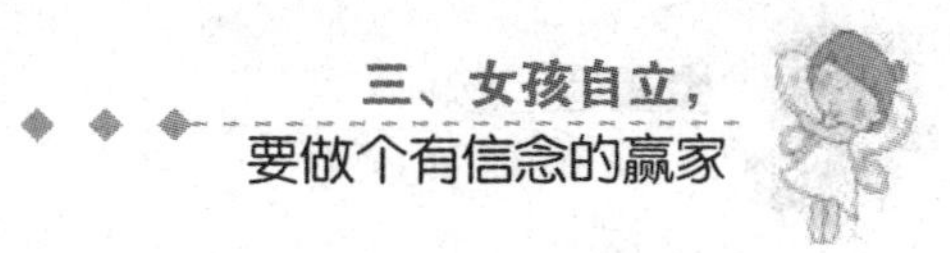

迹会出现，会有人来救他，而一旦这种幻想破灭，他们就失去了坚持下去的精神和勇气，而使自己的努力功亏一篑。

所以，成长中的女孩，要知道最重要的一点：在困难和挫折面前，能救你的只有坚持到底的信心和勇气。只要你坚持不放弃，意志坚定，以必胜的精神和心态去苦干、去奋斗，你就会成为最好的自己！

6 “不信邪”的陈冯富珍

人物小传

陈冯富珍（1947— ）出生于中国香港，曾先后在加拿大西安大略大学和新加坡国立大学学习，后入香港卫生署工作，1994年成为香港卫生署首位女署长。2003年出任世界卫生组织人类环境保护局局长，主要负责传染病防控事务，成绩卓著，受到许多国家的称赞。2006年11月，陈冯富珍被推举为世界卫生组织总干事，成为该组织成立58年来首位担任该职的中国人。

在大学同学们的眼里，陈冯富珍是一个有些害羞的文静的女生，她不是很活跃，但是学习却很刻苦。同学们谁也没有想到，这个害羞的女生竟在三十多年后坐上世界卫生界的头把交椅。

对陈冯富珍来说，这是一个经过无数坎坷的经历。陈冯富珍中学毕业后进了一所女子职业学校，学习文科，职业学校毕业后做了一年的家政教师。这时，她结识了自己的男友，一路追随男友远赴加拿大，男友是学医

睿智箴言

我对这份工作有很高的热情。但同时我也意识到自己身上的责任很重。能有这个机会为世界人民服务，我感到非常荣幸和骄傲。（陈冯富珍）

学的，为了能够和男友一起学习，她决定和男朋友一起学习医科。可是，在她参加医学院面试的时候，面试的学院主任却告诉她："你更应该成为一名家庭女性而不是一名医生。"专家给出了这样的结论，自己该怎么办？陈冯富珍陷入了深深的思考中。

她想起了母亲曾经鼓励过她的话："女性应该有自己的事业，不能与时代脱节。"自己也应该像男人一样干一番事业，于是，她的倔劲上来了，她真就不信邪，没被那个面试官的结论吓倒，暗暗下定决心：既然选择这条路，就一定要走下去。和男友结婚后，他们一同准备功课，一同考入了加拿大西安大略大学医学院。

医学院第一年的学习生活对于陈冯富珍来说异常艰难，因为她从小就为理科成绩而烦恼，对理科那些公式、定理、定义，对医学那些概念，她一点都没有兴趣，为了不让自己的成绩落后，每天晚上，她都让丈夫给自己当家庭教师。每天都是晚睡早起，就这样，经过刻苦攻读，终于顺利拿下了毕业证书。

凭着这股不信邪的劲，凭着努力工作换来的业绩，陈冯富珍一路走来，成为香港首位女卫生署署长，首位进入世界卫生组织的香港公务员，首位当选联合国组织最高职位的中国人。2011年，陈冯富珍排名《福布斯》百强女性榜第68位。

一个从小就不喜欢理科的人，一个弄不懂理科那些公式、定理之类

的人，改成最难学的医学，没有点毅力和精神是很难做到的。陈冯富珍做到了，不但做到了，而且还做得很好。这靠的就是她“不信邪”的精神。什么是“不信邪”？“不信邪”就是“相信没有做不好的事情”，“不信邪”就是一种敢于打破固有思维模式的创新精神和拼搏精神，“不信邪”就是用我们的勇气和智慧变不可能为可能。

“不信邪”，没有什么不可能，这是我们面对困难应该具有的态度；“不信邪”，敢于打破固有的规则，要有一种顶住压力、敢于实践新想法的精神；“不信邪”，就要坚信自己的理想和信念。理想和信念坚定，会使行动更加果敢、有力，这是我们前进道路上战胜一切困难的强大精神支柱。古往今来，凡是有作为的人无不具有坚定的理想和信念，而且大都立志于青年之时，追求于一生之中。当然，“不信邪”，更需要我们积极动脑筋想办法，用我们的智慧和努力去达成我们目标。

7 坦然面对“命运高墙”的尹顺伊

人物小传

尹顺伊（1959— ），本名金仁顺，是名混血儿，她的母亲是韩国人，父亲是一名驻韩黑人美军。她热爱演唱，终于有所成就，获得大韩民国演艺艺术奖、首尔歌谣大奖、首尔音乐奖等大奖，成为韩国音乐界成就颇高的演艺人之一。

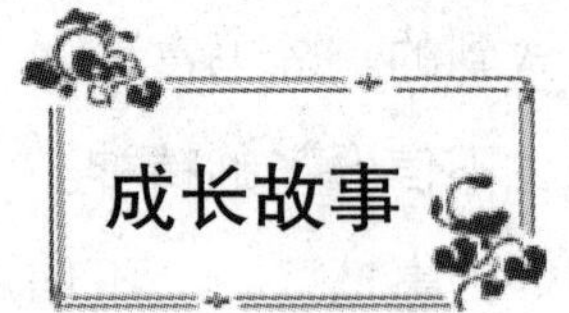

成长故事

尹顺伊是韩国一位家喻户晓的演艺人，当今韩国最优秀的女歌手之一，但她的成长历程却历尽了艰辛。小时候，有一次在公交车上，有人嘲笑地问她："你是坡州产，还是东豆川产？"意思是她是在坡州服兵役的美军的女儿，还是在东豆川服兵役的美军的女儿？听到这句极具讽刺意味的话，尹顺伊的眼角泛起了泪花。那时候她就想，我一定要取得成功。

但是，那个时候，韩国社会对混血儿存有偏见。从尹顺伊的长相和皮肤颜色，一看就知道她是混血儿，一个混血儿要取得成功不是一件容易的事情。因为她是卷发，参加电视节目多有不便，虽然歌唱得很好，但因为是混血儿，她不能代表韩国参加国际歌会。

"周围人的一句'你不行'不但不能让我退缩，反而会激起我的傲气。手里拿着寒光闪闪的刀，脑中只想着一定要生存下去！"尹顺伊在心里给自己打气。

为了寻求突破，19岁的时候，尹顺伊组织成立了名为"喜姐妹"的三人演唱组，开始进行演唱活动。"喜姐妹"虽然有了一点名气，但还是没有一炮走红，大家最后决定解散。但尹顺伊相信，只要坚持住，困难一定会克服。她告诉朋友们："无论遇到什么困难，都不要气馁，请享受这个过程。最后一定会开花结果的。"

于是，22岁的尹顺伊开始单独进行演唱活动。两年后，她以一曲《每天晚上》唱响了演艺界。尹顺伊终于熬出了头，打破了混血儿与生俱来的不平等待遇，一跃成为大众歌手。她的歌曲人人爱听，她举行的演唱会更是场场爆满。她以极富感染力的歌喉和实力使无数的歌曲脍炙人口。

30多年来，她坦然面对"命运的高墙"，努力战胜世俗的偏见，用饱含深情的歌声感动了无数人！最经典的歌曲《天鹅的梦》，给很多人带来了希望与梦想，成为人们心中永远珍藏的音乐记忆！

女孩当自立

> **睿智箴言**
>
> 无论遇到什么困难，都不要气馁，请享受这个过程。最后一定会开花结果的。（尹顺伊）

漫漫人生路，谁也不敢说自己一路鲜花，一路阳光；谁也不敢担保不会遭到挫折和打击。人生际遇变化莫测，究其原因，许多人往往都归结为命运。是的，每个人的人生路上都有一堵“命运的高墙”，这堵高墙就是挫折、坎坷、困境、困难……坦然面对这堵高墙，努力战胜一切困难，这堵高墙就会化为前进的动力。回忆自己成长的历程，尹顺伊说：“即使是困难的事情，只要退一步看，都是别人经历过的事情，也没有什么让人无法忍受的事情。”所以，无论多累、多难，她都不曾放弃梦想，一直勇往直前。

生活中，每当挫折、困苦、坎坷等到来时，一些人总是认“命”，于是，自寻烦恼、不堪痛苦，其实大多数人是自己折磨自己。要知道，从某种意义上说，没有苦难的人生不是完整的人生。在这个世界上，不论遇到什么样的困境，都不是真正的生存绝境，而是一种精神的绝境而已，只要我们精神上不垮，外界的一切都不会把我们击倒。当世界著名音乐大师贝多芬站在成功的舞台上时，命运却跟他开了个玩笑，让他失明失聪。然而，他没有就此沉沦，却勇敢站起来同病疾挑战，谱写了一首首震惊世界的乐曲，谱写了一个个战胜自己，战胜命运的奇迹。

我们出生在什么样的家庭，我们的父母是谁，我们的长相如何……这些都不是由我们决定的，这是我们的“命”，但是，我们将来成为什么样的人，那由我们自己说了算，这掌握在我们自己手里，“运”是我们自己创造的。

8 不放弃追求的伊丽莎白

人物小传

伊丽莎白·布莱克威尔（1821—1910），出生在英格兰的布里斯托尔的一个富裕之家，西方现代第一位女性医生。她是美洲第一家护士学校的建立者。

伊丽莎白·布莱克威尔出生在英国，当时的英国还比较封建和保守，但她的父母都是很开明的人士，他们相信人人生而平等，希望女子能够拥有同男子一样的受教育机会。所以，伊丽莎白和家里其他兄弟姐妹一样，都接受了教育。

伊丽莎白11岁时，全家迁往美国。父亲去逝后，为了生计，伊丽莎白和两位姐姐在家里开了一所学校，但她不喜欢教书。有一次，她去拜访一位患病的朋友，看到这位垂死的朋友因为没有女性医生而深受病痛的折磨，于是她产生了学医的想法。得到家人的支持后，她去打工挣了些学费，可是，医学院不招收女性，她私下只好与一位医生学习医学。她写信给国内的多家医学院，可没有一家医学院愿意接收她，甚至告诉她，如果她想成为医生，就必须假扮成男人。经过多方努力，纽约州的日内瓦医学院同意接收她，事实上是和她开了一个玩笑。男生们觉得如果学校里有一个女生一定很好玩儿，于是接收了她。即使这样，她也决定在那里学习。虽然入学了，可学习并不顺利，有的教授不愿意教她，有的学生威胁她。但是她仍然坚持了下来。

毕业后，她成为当时西方世界唯一完成医学院学业的女子。可是，她没地方实习，没人把她看成医生。她自己开了一个诊所，没人来看病。于是，她只好到城里的贫民区为那些贫困的人看病。经过多年的奔走，她和同样是医生的妹妹一起，在纽约开了一所医院。但人们不愿意接受女医生，整整一年，仅有不足300人来看病，但因为她们姐妹俩医道很好，慢慢地病人便接受了她们。

后来，伊丽莎白成立了美洲第一家护士学校，又成立了自己的女子医学院。她教女学生们有关疾病预防的知识。在美洲工作开展起来之后，她又在英国伦敦开了一所女子医学院。1871年，她成立了“英国国家健康协会”，旨在帮助人们学会如何维护身体健康。在布莱克威尔生命的晚期，她收到许多年轻女性寄来的感谢信。有一个人这样写道：“布莱克威尔为女性们指出了一条前进的道路。”

想学医，没有学校收她；学完医，没有医院实习；自己开诊所，没有人来看病，伊丽莎白是一位非常坚强的女性。她曾经写道：“她明白为什么之前没有女性做过她所做过的事情。”她说，“应付一个接着一个的阻碍是困难重重的。”然而，她坚持下来了，这是因为她知道，只要不放弃追求，一切困难都是能克服的，也都能够被战胜的。

诺贝尔物理学奖得主、美国物理学家道格拉斯·奥谢罗夫对青年们说：“我希望无论周围环境如何变化，你们都不要放弃自己的道路。”美

睿智箴言

应付一个接着一个的阻碍是困难重重的，但实现目标是极其重要的。（伊丽莎白·布莱克威尔）

国著名物理学家、斯坦福大学物理系教授道格拉斯·奥谢罗夫鼓励年轻人："发掘你们的热情和兴趣，发挥你们的才华和优势，永不放弃自己的追求，你们就会找到美好的未来！"名人们用他们的经历告诉我们，青年人要想有所成就，就要对自己的追求不放弃。

一位澡堂女工，她的初学历不过是技校，日常工作和生活又是如此忙碌，却能够用非凡的毅力，花费九年时间考上了研究生，此时她已经38岁了，但是，她义无反顾地往前走。人生是一个不断奋斗、不断收获的过程。既然来到了这个世界上，没有冲刺哪来驰骋后的慰藉，没有挣扎哪来征服时的快乐？挫折、坎坷和失败并没有什么可惧怕的！只要自己永不放弃心中的理想和追求，努力前行，此生就会有所得。

一个贤者在他的著作中说："仰望人生那座险峻的高山，羡慕着'山登绝顶我为峰'的气概，于是我们用尽全身的力量向上攀爬，途中锐石划破了我们的手脚，劲风吹裂了我们的肌肤，只有那些不肯放弃的人才能登上峰顶，才有资格享受那收获的喜悦。"永远不要轻易放弃自己的追求，因为走过曲折就是迎来光明。

9 坚强的冼东妹

人物小传

冼东妹（1975—　），出生在中国广东四会市迳口镇一个普通的农家，中国柔道女运动员。12岁进入市业余体校练摔跤，1988年进入省队，1990年改练柔道，1993年入选国家队。获得雅典奥运会和北京奥运会柔道冠军。曾荣获第七届中国十大女杰荣誉称号。

1987年，12岁的农家女冼东妹进入业余体校练摔跤，从此走上了体育之路。可是她的身体素质并不好，这意味着她要比别人吃更多的苦。妈妈去体校探望她，看到她一节训练课下来被摔得鼻青脸肿，妈妈泪流满面，好几次劝她："回家算了，柔道比耕田还苦！"

可冼东妹决不放弃，她就有一股子不服输的劲头，和对手摔输了就哭一场，哭完了就再上去和对手摔，直到摔赢为止。

19岁那年，冼东妹在训练时左膝十字韧带断了，医生让她停止训练、住院做手术，并断定她的运动生涯已经终结，但她没有停下。直到一年后，拿到了八运会冠军才走进了手术室，左膝膑骨被打进了三枚钢钉。她只得带着钢钉退役了。

冼东妹不甘心就这样结束运动员的生涯，全国九运会时，她又披挂上

睿智箴言

不管别人怎么看，我就自己看好自己。我参加奥运会比赛，就是为了夺金牌。（冼东妹）

阵。决赛时刻，她的右膝膑骨突然脱臼移位，她一下倒在了场上，裁判员当即示意暂停比赛。可未等医生进场，她强忍剧痛，自己把脱臼的膑骨推回原位！最终，她赢得了金牌。

在冼东妹心中，一直有着浓烈的奥运会情结，但她错过了1996年和2000年两届奥运会。她在心里说："哪怕成为残疾人，也要打一届奥运会。"为进入2004年奥运集训大名单，她忍着剧痛一站站打积分赛，终于进了奥运训练队。训练更加艰苦了，有时训练结束，别人返回宿舍只需10分钟，她却用30分钟，上楼梯要用双手撑着扶手，一步三停，一点点往上移；晚上，别人睡着了，她却在剧痛中辗转反侧。终于，在雅典奥运会上，她站在了冠军的领奖台上。

冼东妹太累了，家人都劝她就此退役，可是北京奥运会的赛场又召唤着她。她已经结婚并有了孩子，她知道有多难，但她不畏艰难，依旧顽强地投身到训练中。柔道馆里，与比自己小十几岁的小队员在一起整天玩命苦练。终于，33岁的她又夺得了北京奥运会冠军。看着国旗升起，冼东妹热泪盈眶。在付出了常人难以想象的努力后，她成为第一个蝉联奥运会冠军的中国柔道选手！第一个妈妈级奥运会金牌中国运动员！

法国著名作家雨果说过一名句话："敢于向命运挑战的人才是真正的天才！"是啊，有的人，面对命运的挑战害怕了、畏惧了，不敢与命运对弈；有的人虽然受到命运的打击，但从不向命运屈服和低头，正如霍金一样。

当然，战胜命运、挑战命运需要意志力，法国大作家巴尔扎克说："没有伟大的意志力，就不可能有雄才大略。"可见，坚强的意志力是多么的重要。意志坚强、有坚定信念的人，他们勇敢地面对挫折，向困难发出挑战，不达目的誓不罢休。他们善于把前进道路上的绊脚石变成垫脚石，从而获得成功，实现生命的价值，享受真正的人生。

意志坚强的人在遇到挫折和失败的时候，可以调节自己的消极情绪，控制自己的言行，不灰心、不气馁、不焦躁；面对胜利和成功，不骄傲，不自满；意志坚强的人，能够以顽强的精神、百折不挠的毅力，战胜挫折和困难，实现自己的目标；意志坚强的人，他们善于把前进道路上的绊脚石变成垫脚石，从而获得成功，实现生命的价值，享受真正的人生。

10 把握机会的捷列什科娃

人物小传

瓦莲京娜·弗拉基米罗夫娜·捷列什科娃（1937—　），出生于苏联一个叫雅罗斯拉维里的小镇上。世界上第一名女航天员，人类历史上第一位进入太空的女性。她曾荣获联合国和平金奖，以及世界许多国家授予的高级奖章。月球上的一座环形山以她的名字命名。

少年时捷列什科娃曾梦想当一名工程师。17岁时，她进工厂工作。出于爱好，她加入了当地的一家航空俱乐部练习跳伞。茫茫宇宙，无尽太空，充满了多少未知与神秘，激起了她无数的幻想，她期盼着有一天能畅游其间，体会那一片虚空中的真实。于是，她刻苦训练，两年多的时间，她跳伞130多次，积累了丰富的跳伞经验。

> **睿智箴言**
>
> 我曾有幸成为人类最早开拓宇航道路中的一员。尽管历尽千辛万苦，但看到那么多人踏上了我们开辟的道路，真让人欣慰。（瓦莲京娜·弗拉基米罗夫娜·捷列什科娃）

1961年，尤里·加加林成为世界上第一名宇航员，捷列什科娃和所有的苏联姑娘一样，将加加林作为自己心中的偶像。然而，由于宇宙飞行对体力、智力的严格要求，以及飞行历程中的不确定性和危险性，在相当长的一段时间内，“宇航员”的荣誉只能属于男人。

捷列什科娃和航空俱乐部的女友们太想成为一名宇航员了，于是她们联名给有关部门写了一封信，强调男女平等，并呼吁派一位女子进入太空。令她们惊喜的是，没过几天，所有在信上署名的所有姑娘都被邀请去首都莫斯科。在莫斯科，集合了来自全国不同地区的许多姑娘，大家的目标是一致的：成为太空第一位女宇航员。

考核是严格的，经过了三个月各种类型的试验，幸运女神最终降临在了捷列什科娃的身上。当听到自己的名字时，捷列什科娃的心里顿时充满了无比的兴奋。

机会来之不易，捷列什科娃下决心把握好这个机会，可接下来的训练是严酷的，从被选中到第一次执行太空飞行任务，中间又隔了两年，一些人被淘汰了，捷列什科娃却接受了宇航员所必需种种的艰苦训练，比男宇航员们付出了更多的努力和汗水，终于被选为第一个遨游太空的女性。

1963年6月19日，捷列什科娃乘坐东方6号飞船完成了3天绕地飞行48圈的飞行任务，实现了女性第一次造访太空。

女孩当自立

英国哲学家培根说："只有愚者才等待机会，而智者则造就机会。"机会在每个人面前都是平等的，有的人总以为机会来临时会和我们打招呼，所以空等下去，错失了很多机会。事实上机会不是等来的，但机会在等着我们所有的人，这就需要我们主动去寻找和创造。

一个女孩一生之中如果能够果断坚定地把握机会，就可能品尝到胜利的果实；优柔寡断，瞻前顾后，就可能错过很多机会，甚至留下永远的遗憾。捷列什科娃的人生经历告诉我们：想要把握机会，首先需要寻找机会，寻找不到的时候需要自己去创造机会。机会降临时，一定"先下手为强"，必须立即行动，抓住机会。

我们的身边永远都不缺少机会，而是缺少抓住机会的能力。我们要想抓住机会，首先做好准备，努力提高自己的能力，当机会真正到来之时，我们便能充满信心地接受挑战，把握机会，充分展示自己，成就自己的人生。当我们充分利用机会时，我们将超越想象的障碍，获得人生别样的惊喜。

四、女孩自立，立志让女孩人生更精彩

“自立人生少年始”，少年立志终生受益，立志的人才能自立，自立的人才能掌握自己的命运。

1 胸怀大志的向警予

人物小传

向警予（1895—1928）原名向俊贤，出生在湖南溆浦一个商人家庭。中共最早的女党员之一，被誉为“我国妇女运动的先驱”。向警予是杰出的共产主义战士、忠诚的无产阶级革命家，党早期卓越的领导人，中国妇女运动的先驱和领袖。

向警予自幼聪明好学，虽然是女孩子，但却有着男孩子的胸怀。1903年，她国外留学回来的大哥在溆蒲县城开办了一所小学，她积极要求去学习，家人同意了她的请求，取名向俊贤，到学校读书，在县城开了女子入校读书的先例。

通过几年的学习，向警予以“成绩最好的学生”考入长沙市周南女校。一次，周南女校举行田径运动会，向警予在四百米决赛终点负责拉彩带，迎接优胜者的冲刺。开始一个高个子女学生跑在最前面，向俊贤认为她准能得第一名，没料到一刹那，另一条跑道上的一个矮个子女学生奋力赶上并超过了她，突破了彩带，夺得了第一名，可是这位矮个子女学生却累得晕倒了。

比赛结束，同学们聚在一起，议论着四百米决赛夺取冠军的事，向警予说："那位同学不顾一切向前冲，累得晕倒了，这样的拼搏精神多么可贵呀！"她还充满激情地对周围的同学们说："我们的国家，外有列强欺凌，内有军阀割据，腐败黑暗，我们应以那个女同学的拼命精神来拯救我们的国家和民族，这样我们的国家和民族才有希望啊！"接着，她又高声向同学们宣布："从今天起，我改名叫'警予'（'予'是'我'的意思），我要时时刻刻敲响警钟，时刻提醒自己，不要忘记以这种拼命精神去学习、去报效和拯救国家。"

> **睿智箴言**
>
> 人生价值的大小是以人们对社会贡献的大小而制定。（向警予）

1916年夏，向警予怀着"教育救国"的抱负，回到家乡。她四处奔波，克服重重困难，在县城创办了男女合校的溆浦小学堂，并担任校长，传授新知识，提倡新风尚，宣传新思想。后来，向警予加入了共产党，为了人民的解放事业，她以这种拼命精神英勇地奋斗了一生。1924年，向警予领导了上海14家丝厂一万多名女工的联合大罢工。1928年3月20日因叛徒出卖被捕，敌人对她进行严刑拷打，她始终坚贞不屈，年仅33岁便被残酷杀害。

"有志者事竟成"，那些伟大的人物都有一个共同点，那就是在年轻时都胸怀大志，都立志要为祖国为人民干一番大事业。诸葛亮在《诫子书》中说："学须志也，才须学也，非学无以广才，非志无以成学。"明朝时期的大学问家王阳明说得更清楚："志不立，天下无可成之事，虽百工技艺，未有不本于志者。"如果志不立，没有明确的成才方向，别说取得大成绩，就连普普通通的小技艺也难做好。立志才能成才，一个有志向、有理想、有目标的人，定会是一个不达目的誓不罢休的人。

立志是成才的大门，志气就是有志向，有雄心壮志。立志是成才的动力，立志，是一个人的奋斗目标，以及实现这一目标的决心和意志。高尔基说："一个人追求的目标越高，他的才力发展得就越快，对社会越有益。"热爱是最好的老师，立志是人生成才的起点。即使我们是一个智力超常的人，如果没有志向，必然是一个平平庸庸、无所作为的人；"男儿不展风云志，空负天生八尺躯"。只有当我们立下远大的志向时，才能摆脱平庸的生活，在成才的道路上奋勇前进。

立志的关键在于战胜自我，古时有句话："志之难也，不在胜人，在自胜也，"也就是说：志向的困难，不在于胜过别人，而在于战胜自我。今天，面对纷繁华的世界，若我们没有自己的志向，没有坚定的信念，就会经不住人生路上各种各样的诱惑，最终一事无成。

2 少有大志的坎特

人物小传

罗莎贝丝·莫斯·坎特（1943— ），出生于美国俄亥俄州克利夫兰市的一个普通中产阶级家庭，是世界上仅有的几位得到公众认可的女管理学家之一。她从社会学入手研究管理学，靠一部《公司男女》轰动学界，她独自撰写或与他人合作撰写了17本畅销书，多次获得各类奖项。

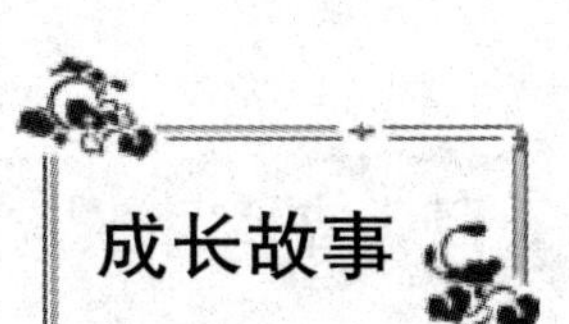

从儿童时代起，坎特就十分要强，是个少有大志的孩子。8岁时，她制作了一张名片，称自己为“儿童心理学家”。为了让自己更像一名“儿童心理学家”，她一有机会就把小同伴们集合在一起，给他们讲自己理解的“儿童心理学”，常常逗得同伴们说她不像心理学家。11岁时，她就和朋友合伙写了一篇小说，受到朋友们的赞赏。十二三岁时，坎特就立志成为一名社会管理学家，为此，她开始读有关社会管理学的书籍，学习打字写文章，并在一次征文比赛中获奖，赢回了一台打字机。

上大学时，坎特选择了自己喜欢的社会学和心理学专业。她所在的大学的学习气氛严肃认真，而且有着浓厚的自律传统，学生十分看重诚信和荣誉，追求自我完善。学习压力很大，但这种压力不是来自攀比竞争，而是来自成就欲望。怀有远大理想的坎特，在这种校园文化的熏陶下，树立了远大的抱负。正如2004年，61岁的坎特教授接受记者采访时说：“我从来没有让父母失望过；但是他们也从来没有像我一样有抱负。”而这种抱负，使她成为世界知名的学者和教授。

大学毕业后，坎特的人生并不顺利，工作不好找，自己又没有名气，26岁时，丈夫又不幸去世了，这给她造成了沉重打击，换成意志脆弱者很可能从此一蹶不振，然而，坎特是个有大志向的人，她挺过来了，她没有任凭命运的摆布，而是直面现实，重新开始。从悲痛中走出来之后，她决定进入管理咨询行业，向一位颇有经验的管理咨询顾问学习管理咨询的知识和窍门，从此，她在管理咨询业站住了脚，成为世界上仅有的几位得到公众认可的女管理学家之一。迄今为止，坎特已经获得了20多个荣誉博士学位。《伦敦时报》曾经将她列入“世界上50位最有影响力的女人”。

睿智箴言

我从来没有让父母失望过，但是他们也从来没有像我一样有抱负。（罗莎贝丝·莫斯·坎特）

女孩当自立

古今中外，有许多少有大志的人，最后都成了非常有成就的人。范仲淹很小的时候就失去了父亲，家贫无依，但他胸有大志，以天下为己任，发奋苦读，困了累了，就用凉水洗洗脸；没有吃的，每天就吃两顿米粥，最后成为一代名臣。

一个人必须胸怀大志才能成就大业，古今中外的大人物都是胸怀大志才事业有成而名垂青史的。从古代的陈胜、吴广到今天的毛泽东、周恩来等老一辈革命家，他们都是有大志者。拿破仑说“不想当将军的士兵不是好士兵”。世界上的任何事情，只有想不到的，没有做不到的，有多大的目的才会有多大的动力。

此外，没有一个无大志而能有所成就的人，成长过程中我们可能因遇到挫折和坎坷而人生不得志，但我们必须胸有大志、大目标，必须“志高存远”，一定要努力储备力量，等待机会。

“有志者，事竟成，破釜沉舟，百二秦关终属楚！苦心人，天不负，卧薪尝胆，三千越甲可吞吴！”当然，仅仅“志高存远”还不行，只有远大的理想也不行，做人要胸怀大志，必须有坚强的意志、宽阔的胸怀、勤奋的精神、吃苦耐劳的勇气。激发起我们的潜意识和内动力，树立起伟大的报负和远大的目标，这样我们将来一定会成为对国家有用的人才。

3 雄心胜丈夫的王贞仪

人物小传

王贞仪（1768—1797），出生于一个官员家庭，清朝著名的女科学家。她精心写成的《星象图解》、《象数窥余》、《地圆说》等著作，科学而通俗地解释了自然现象的变化。她还著有《女蒙拾诵》、《沉疴呓语》各一卷，《西洋筹算增删》、《筹算易知》等科学著作。

王贞仪家里有很多藏书，从小她就酷爱读书，琴、棋、书、画、骑、射，她都喜好，唯独不愿意像别的姑娘那样习女红。在封建社会里，女子无才便是德，女子有才，反而被视为大逆不道。王贞仪不管这些，她觉得大丈夫能做的事，小女子也能做。她立志要做一番大丈夫做的事。她不但喜欢读书，更对别人都不愿意读，并且读不懂的天文、地理、数学、气象学等知识有浓厚的兴趣。读书使她开阔了眼界，使得她敢于鄙视和反对封建社会对妇女的歧视和压在妇女头上的种种礼教，更为她进行科学研究打下了

睿智箴言

足行万里书万卷，尝拟雄心胜丈夫。（王贞仪）

坚实的基础。

十八九岁的时候，王贞仪已经掌握了丰富的科学知识。有一次，她家宾客满座，许多人天南海北地谈论着一些奇怪的天象。有一位年近花甲的老人站了起来，拱手向大家请教："有人说我们脚下的大地是圆的，那么，如果大地果然是圆非方，而居圆球下方的人，那不是要跌下去吗？"在场的人纷纷表达自己的看法，可大家谁也解释不清楚。这时，在一旁端茶倒水招待客人的王贞仪落落大方地用她掌握的科学知识给大家作出解释，大家都觉得她说得对。

这件事给王贞仪的振动很大，她觉得应该把一些人们弄不懂的问题向人们解释。于是，她经常把自己关在屋子里，琢磨她的科学，废寝忘食地搞试验。没有科学仪器，她就自己动手，因陋就简地制造。她用自家的灯、镜子和小圆桌做关于太阳、地球、月亮，搞清它们的位置以及相互间的关系，弄清月食等天文现象。经过多年的实验和观察，王贞仪撰写的《月食解》一文，精辟地阐述了有关月食的知识。此后，她又写了多本书籍，涉及天文、地理、数学等多方面的知识，雄心胜丈夫的王贞仪终于成了一代著名的女科学家。

王贞仪曾作诗说："足行万里书万卷，尝拟雄心胜丈夫。"是的，要成才首先要立志，正如先贤诸葛亮所说："非志无以成才。"志向，是决定一个人生存质量的前提，如果失去了它，那一个人的生存将变得没有意义。一个没有志向的人，必然是一个目光短浅，胸无大志，无所作为，一生平庸的人；一个人若没有志向，那他就会没有前进方向，就会浑浑噩噩，最终一事无成。相反，一个有远大理想和报负的人，也就是有志向的人，必定是一个有想法，敢于追求的人。一个人的志向至关重要，它是决定一个人一生成败的关键所在，决定他一生的发展方向。有多大的志向，就有多大的动力，有多大的动力，就有多大的努力。

一代枭雄曹操晚年疾呼："老骥伏枥，志在千里；烈士暮年，壮心不已。"女词人李清照明志："生当作人杰，死亦为鬼雄。"思想家顾炎武为国富民强而呐喊："天下兴亡，匹夫有责。"拿破仑告诫他的士兵："不想当将军的士兵，不是好士兵。"古往今来，不知多少文人墨客为了志向而呐喊；不知多少仁人志士为了志向演绎了可歌可泣的故事；也不知多少英雄豪杰为了实现志向而抛头颅、洒热血。古今中外，也不知多少人为了国家的存亡、民族的兴衰、历史的进步，成为紧握人生之舵、高扬志向之帆、劈波斩浪、向人生目标不懈奋斗的楷模。

志向，对于一个人来说是平身的抱负。人不可无志，无论尊卑贵贱，不论男孩还是女孩，每个人都要有自己的志向。所以，一个人必须先立志，且志当存高远。也因此，我们要从小树立远大的理想和抱负，确定一个高远的志向，这会影响我们的成长乃至一生。

4 不放弃梦想的乌比·戈德堡

人物小传

乌比·戈德堡（1955— ）出生于曼哈顿低下阶层的社区，是好莱坞为数不多的黑人女星中比较著名和成功的一个，因1985年主演《紫色姊妹花》而一鸣惊人，并获奥斯卡提名。1990年因《人鬼情未了》赢得奥斯卡女配角奖。1991年，她主演的《修女也疯狂》深受观众喜爱，将她推上演艺事业的巅峰。

乌比·戈德堡长得并不漂亮，甚至可以说有些丑。按照选演员的标准，她不可能当上演员。可是，乌比·戈德堡从小就有一个当演员、当明星的梦想，为此，8岁的时候，她就到纽约的一家儿童剧团演出。十几岁的时候，曾到著名的纽约戏剧高中学习，但各方面条件都一般的她想实现当明星的梦想太难了，没有人愿意给她这个机会。高中毕业后，为了生活，她到一家殡葬服务公司找了一份打杂的工作。最初的她像个野孩子一样，满口粗话、一文不名，她当时的工作也是为尸体整容，她并不喜欢这份工作，甚至有些讨厌，于是，她又到百老汇打杂当砖匠。虽然没有当上演员，但是，当演员的梦想她一直坚持着，只要有时间，她就看好莱坞经典作品，琢磨演员的演技，并幻想有朝一日能成为大明星，谈吐幽默、举止高雅地出入各种高级的社交场合。一些朋友听说她想拍电影，想当电影明星，纷纷嘲讽她自不量力。

> **睿智箴言**
>
> 不想因为长相使人们对我的看法有局限。（乌比·戈德堡）

乌比·戈德堡喜欢挑战自我，她对自己有信心，认为只要其他人能干成的事，她就相信自己也行。所以，她努力去寻找人生的发展机会，凭着自己表演的兴趣，在百老汇积极寻找表演的机会，慢慢地，有人找她演戏了。在舞台上，她努力地把自己独特的智慧和快乐的天性表演出来，她出色的表演几乎令所有人折服。她终于成了一名职业的舞台剧演员。但是，其貌不扬的她并未受到演艺界重用。可越这样，乌比·戈德堡越不服气，她不断磨炼自己的演技。她鼓励自己，只要坚持自己的兴趣，就会成功。

机会终于来了，电影《紫色姊妹花》的导演选中了她，久被压抑的艺术才华一下子爆发出来，在影片中，她成功地扮演了一位受丈夫虐待而苦苦在命运的泥潭中挣扎的女奴。通过这部影片她获得了金球奖、最佳女演员奖和奥斯卡最佳女主角奖提名。从此，她成了真正的演员，由她主演的《修女也疯狂》更令观众如痴如醉，影片创下了当年的夏季票房之最，她终于成了好莱坞重要的女星。

永不放弃自己的梦想，成就了乌比·戈德堡。对于她取得的成绩，几乎所有认识她的人都认为简直是个奇迹！一个既不年轻又无美貌的黑人女子，对自己的梦想一直满怀激情、永不放弃。

乌比·戈德堡的人生追求告诉我们：在这个世界上，我们身在何处并不重要，重要的是我们朝着什么方向迈进。每个人的人生道路都要靠自己去走，关键看我们如何起步，怎样努力，又怎样对待变化的环境。当用心走完人生最重要的一程后，我们就会冲破黑暗而取得成功。相信只要永不放弃，我们就有成功的机会。

韩信胯下之辱，不放弃成为一名军事家的梦想，最终成为一代杰出的军事家；周恩来为中华之崛起而读书，最终成为一代伟人……绝大多数人都是平凡的，可是即使我们再平凡，再无足轻重，我们依然可以拥有自己的梦想，依然可以通过努力而改变自己，实现梦想。人的一生不一定成大名、建大功、立大业，但是，一定要有自己的梦想。无论我们拥有怎样的梦想，无论我们的梦想多么微不足道，只要我们不放弃，坚持信念，向着自己的梦想前进，永远不停下前进的脚步，就没有人可以打败我们。

然而，现实生活中，有痴想的人很多。自己不去努力改变现实，却总抱怨生活给了自己太多的无情和无奈。于是，沉迷、低调，破罐子破摔，走入人生歧途。诚然，在实现梦想的路途上困难重重，但要坚信这一点，这世界上只要有梦想，只要不断努力，只要我们在面临困难时不放弃，不管我们长相如何，不论我们出身怎样，我们终有实现梦想的一天。

5 征服命运的威尔玛·鲁道夫

人物小传

威尔玛·鲁道夫（1940—1994），出生在田纳西州圣伯利恒一个非常贫穷的非裔美国人的大家庭之中，家有兄弟姐妹22人，她排行第20。奥运会历史上最伟大的女子短跑运动员之一，1960年的罗马奥运会女子100米冠军，入选美国奥运名人录。

她是个早产儿，出生时只有2千克重。幼年时因身患肺炎、猩红热多种疾病，使得她身体很不好。更糟糕的是，她患上了脊髓灰质炎，使她的左腿萎缩，无法走路，必须穿着铁架矫正鞋才能勉强行走。逐渐长大后，她开始忧郁和自卑，甚至拒绝他人靠近自己。医生曾断言她不能再走路了。

有一天，威尔玛遇到了一个在战场上失去一只胳膊的邻居老人。老人推着轮椅上的她到一所幼儿园去玩，听操场上的孩子们唱歌，听到高兴处，老人用一只手掌拍肚皮鼓掌。这时，她才知道，“一只巴掌也能拍响。”她备受鼓舞，从此以后，她全力配合医生治疗。治疗时不管多么艰难和痛苦，她都咬牙坚持着，因为她相信自己总有一天也能够像其他孩子一样行走、奔跑……

为了实现奔跑的梦想，她每天坚持不懈地练习，趁家人不在时，她就

睿智箴言

任何时候都不要放弃希望，哪怕只剩下一只胳膊；任何时候都不要放弃梦想，哪怕残疾得不能行走。（威尔玛·鲁道夫）

尝试着扔开支架自己走，摔倒了又爬起来。很快，治疗和努力有了效果，9岁那年，她不再需要金属护腿绷带了。又经过顽强的锻炼，11岁那年，威尔玛可以不用任何辅助就能行走了！此时，她喜欢运动的天赋表现了出来，她开始学习打篮球和参加田径运动。13岁那年，她第一次参加中学举办的短跑比赛，之后两年，虽然她参加的每一项比赛都是最后一名，但她还是坚持跑着。终于有一天，她赢得了一场比赛。此后，她的胜利一个接着一个。

16岁那年，威尔玛入选美国国家队。1960年罗马奥运会女子100米决赛中，她以11.18秒的成绩第一个撞线，全场掌声雷动，人们都站立起来为她喝彩。这一届奥运会，威尔玛共获得了100米、200米和4×100米接力赛3枚金牌，被称为“世界上跑得最快”的女人。

女孩当自立

一个人往往没有办法选择命运，可是凭借个人的努力去征服命运，却是一件可能的事情。威尔玛·鲁道夫从腿麻痹不能行走—拄着拐杖走—靠钉鞋走—独立行走—参加跑步比赛—成为奥运短跑冠军。在世人看来，这是一个奇迹，一个不可能发生的奇迹，可它却确确实实地发生了。这一“奇迹”的发生是由她顽强的毅力、永不服输和敢于拼搏的精神决定的。

成为冠军后的威尔玛·鲁道夫曾经说：“任何时候都不要放弃希望，哪怕只剩下一只胳膊；任何时候都不要放弃梦想，哪怕残疾得不能行走。”是的，许多有成就的人开始都不是一帆风顺的，他们也经历过人生的黑夜，但他们最终凭着必胜的信念和顽强的奋斗，走出了黑夜，赢得了光明。

关于命运，百度创始人李彦宏有过一段精彩的论述："命运是一个人一生所走完的路，是一个人用一辈子所完成的作业。有的人认为，命运是天注定，不可改变的。但在我看来，命运不过是人生的方向盘，驶往哪个方向它掌握在每个人自己的手中。"有一位哲学家也曾说："命运的左岸是幸运，右岸是霉运。左、右都由你自己选择！"只要我们掌握命运的风帆，就能战胜重重困难，抵达命运的左岸，就会拥有幸运的人生。

6 为梦想努力的萨维茨卡娅

人物小传

斯韦特兰娜·萨维茨卡娅（1948— ），出生于飞行世家。苏联宇航员，竞速飞行纪录的创造者和飞得最高纪录的保持者，世界第二位女宇航员和世界首位女性太空行走者。

成长故事

萨维茨卡娅的父亲是参加过苏联卫国战争的著名功勋飞行员，苏联空军元帅。也许是遗传因素和受家庭影响，萨维茨卡娅从小就喜欢飞行，和天空结下了不解之缘。她对航天英雄加加林十分崇拜，立志向加加林那样，成为一名女航天英雄。

为了实现自己的航天梦想，从中学起，萨维茨卡娅就开始练习跳伞，开始时，她背着父母，偷偷参加航空俱乐部的飞行训练，后来父亲知道

睿智箴言

女子一点也不比男子差，甚至在某些方面超过了男子。（斯韦特兰娜·萨维茨卡娅）

了，不但没有反对她，反而鼓励她努力实现自己的梦想。

得到了父亲的支持，萨维茨卡娅的劲头更足了。16岁时已完成了450次跳伞，并创下3项世界跳伞纪录。17岁时，她从46750英尺的高空跳伞，并在张开降落伞之前自由降落到8英里之外，这一成绩是当时最好的成绩。中学毕业后，萨维茨卡娅如愿进入了一家飞行技术学校，成为一名飞行员接受训练。大学二年级时，她就可以驾驶飞机飞行。毕业后，她留在了学校任飞行教官。优秀的素质、刻苦的精神，使得萨维茨卡娅在飞行员中脱颖而出。

作为苏联为数不多的女飞行员，萨维茨卡娅已经是一个姣姣者了，但她从不满足于现状，她觉得天空还不够大，还不足以施展她的全部才华，她的志向是做一名遨游太空的宇航员。所以，她利用一切时间进行航空训练，勇敢地向世界飞行纪录挑战。为此，她多次创造了女子飞行世界纪录。作为试飞员，驾机飞至21209.90米的高空，创下了当时水平飞行最大高度的世界纪录。

1980年，她终于被挑选为宇航员，开始了冲击太空的梦想。由于技术精湛，素质全面，萨维茨卡娅被选进宇宙飞船到太空飞行。1984年7月25日，萨维茨卡娅从宇宙飞船中走出，成为第一个在太空行走的女宇航员。萨维茨卡娅终于实现了她的航天梦。

说到梦想，我们每个人都会有，可是为了梦想去努力，去奋斗而实现它，却不是每个人都能坚持做到的。有些人只有空想，他们不愿意付出

努力，只是一群空想家。常言说“无智者，常立志；有智者，立长志。”一个人有自己的梦想，却整天无所事事，遇到挫折就退缩，遇到困难就打退堂鼓，这样的人是不会实现他的梦想的，他的梦想也只是空想而已。梦想，是一个让人魂牵梦萦的至高境界。人生若没有梦想，就像没有帆的船，在大海漂泊，没有自己的目的地。而为了梦想可以不顾一切，孜孜以求，甘洒血汗，最后梦想才能成真。

其实，人生的梦想能否实现，人生是否能到达目的地并不是很重要，重要的是我们是否追求过、努力过，是否有追寻和努力的过程，如此，我们就会发现，即使没有到达目标，我们努力的过程也是值得追忆的，因为在努力的过程中我们一定收获了不少，让人生变得丰富多彩。

7 朴槿惠向总统宝座冲刺

人物小传

朴槿惠（1952—　），出生于一个军官家庭。韩国女政治家，曾任新国家党领袖，现任韩国第18任总统。韩国前总统朴正熙的长女。她是韩国第一位女总统、第一位未婚总统、第一位第二代的总统（父女总统）、第一位得票过半数的总统。

9岁的时候，她的父亲发动军事政变接管政权当上了总统，她由此成为“第一女儿”。可是命运并没有因为她是第一女儿就惠顾她，相反，她命运多舛，不幸一个接一个降临。22岁时，她的母亲遇刺身亡，因为父亲不肯

睿智箴言

东南亚的一些国家都已经出现了女总理、女总统，韩国为什么不行？（朴槿惠）

续弦，她只得匆匆结束留学生涯回国，代行母亲的“第一夫人”部分职责。27岁的时候，她的父亲不幸被刺身亡。在处理完父亲丧葬事宜后，她带着家人搬出了总统府，回到了一个社区的老房子里，那是她当初的家。

父亲的死对她的打击是巨大的，虽然表面上她表现得很坚强，但她的内心却十分苦楚，她的身上出现了不明斑点，没有一个医生能够确切诊断是什么原因。这是她的巨大悲痛通过身体外部体现了出来。她在日记写道：“痛苦是人类的属性，它能够证明人还活着。”慢慢地，身上的斑点褪去了，可就在父亲亡故的伤痛还没有痊愈时，父亲过去的一些部下开始背叛她，对她进行声讨，这使得她异常愤怒，但她却没有任何办法去改变。由于新政府对她父亲的清算，她被迫远离政坛，销声匿迹。更由于她家庭的特殊性，她放弃了婚姻。

但是，曾作为“第一女儿”的她，心底里对人生的成功，对参与国家政治活动的渴望从来没有停止过，她希望在国家的政治生活发挥自己更大的作用。“我没有父母，没有丈夫，没有子女，国家是我唯一希望服务的对象。”她曾经这样说。

45岁的时候，她抓住了机会重返政坛，她“要为完成父亲未完成的事业尽一点力”，她的努力让她连续五次当选国会议员。

54岁的时候，她竞选市长，遭到暴力袭击，右脸被割伤，伤口长达11厘米，从耳朵一直到下巴，医生为她缝了17针。遇刺后，她神色镇定，只是用手捂住了伤口，仍想发表讲话。

55岁时，她又向总统宝座冲击。有人劝她不要去竞选，因为在那个比较传统的国度里，还没有一个女人当总统的先例。可是她不信邪，她说：“东南亚的一些国家都已经出现了女总理、女总统，我们这里为什么不行？”别的女人能当总统或总理，自己又有什么不行。

结果第一次冲击没有成功，虽然这次竞选败选了，但是她没有放弃自己的理想和目标，她一直在积累力量，她知道，那总统的宝座在等着自己。5年后，她再一次发起冲击，这一次，她如愿以偿，以得票率超过半数登上了总统宝座。她就是韩国新任女总统朴槿惠。

作为女人，朴槿惠温柔、有礼、安静而有耐心；作为一个政治家，她继承了父亲的钢铁意志，她行事作风果断、务实。勇敢地向总统宝座冲刺，朴槿惠成为韩国历史上第一位女总统。

向着总统宝座冲刺，你就可能成为总统。一个人，心有多高，舞台就有多大；心有多高，梦就有多远；心有多高，路就有多远；心有多高，天就有多高；心有多高，世界就有多大……一个人是应该有点野心的，一个人若没有野心，就如同被剪断翅膀的雄鹰无法翱翔天空；一个人若没有目标，就如同一艘船失去了方向很难到达成功的彼岸；一个人若没有梦想，就如同没有灵魂的躯壳找不到目标的指引而盲目乱窜……树立起我们人生的目标，明确我们奋斗的方向，在心中点亮那盏不灭的灯塔，在人生的海洋中奋勇前行，我们就能成为自己人生的“总统”。

为了做好事业，为了我们的人生有更好的发展，男孩也好，女孩也罢，我们一定要怀有“雄心”，对于未来要抱有良好的愿景，只要可能，都不妨尝试，这样才能更好地发展自己。当然，一个人不管雄心有多大，要先起步才行，否则一切都是零。

此外，“雄心”不可过大，不可脱离实际太远，否则会造成严重的心理负担。当现实不能满足自我的要求时，就会产生焦虑、暴躁、敌意、对抗情绪，对外影响人际关系和外部环境，对内则损害个人健康。“雄心”没有止境，所以要懂得将它调整在一个合适的限度之内，让它充分发挥对人的激励作用而不伤害我们。

8 战胜命运的奥普拉·温弗瑞

人物小传

奥普拉·温弗瑞（1954—　），出生在美国密西西比州的科修斯科小镇，是当今世界上最具影响力的黑人女性之一，她的成就是多方面的：通过控股哈普娱乐集团的股份，拥有了超过10亿美元的个人财富；主持的电视谈话节目《奥普拉脱口秀》，平均每周吸引3300万名观众，并连续16年排在同类节目的首位；美国第一位黑人亿万富翁。

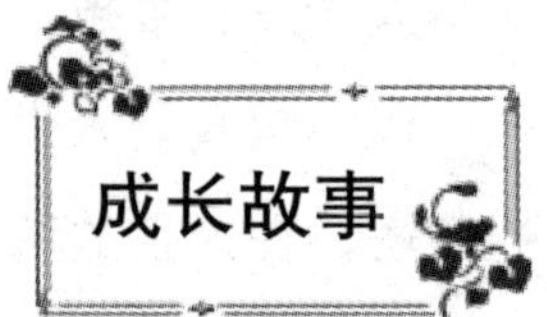

成长故事

奥普拉·温弗瑞出生后父母就离婚了，母亲把她扔给外祖母照顾，没有多少文化的外祖母用自己的认字法教她认字，给她讲故事。刚上幼儿园第二天，她就写了一张纸条送给老师，“我觉得我不属于这里，因为我认识很多字”，老师看后竟同意了她的要求，让她直接读一年级。

6岁时，小温弗瑞搬到母亲那里，但母亲不怎么管她，她和母亲的关系也不好。也许是从小没有得到母爱的缘故，她行为出格、脾气古怪，10多岁时，她就像一个野孩子一样到外边去混，母亲受不了她的疯野行为，打算把她送入青少年管教所，碰巧管教所的床位已满，她被拒之门外。于是，温弗瑞继续和伙伴们鬼混，抽烟、吸毒、喝酒，越陷越深，她几乎走上了歧途，看不到任何重生的希望。

睿智箴言

如果上帝给你关上一扇门，不要哭泣，他肯定为你开了一扇窗户。（奥普拉·温弗瑞）

这时，父亲接纳了她，父亲和继母对她管教十分严格，给她制订了教育大纲，引导温弗瑞的成长，看着她读书、读书、再读书，她完成了继母布置的任务后，还要写父亲留的读书报告。

有道是天道酬勤，温弗瑞果然改头换面了。她参加了学校的戏剧俱乐部并常常在朗诵比赛中获奖，在费城举行的有1万名会员参加的校园俱乐部演讲比赛中，温弗瑞凭借一篇短小震撼的演讲“黑人·宪法·美国”获得第一名，赢得了1000美元的奖学金。

她度过了自己混乱的青春期，告别了少年的放荡不羁，激情洋溢地为自己打拼天下。17岁时，她摘下了田纳西州黑人小姐的桂冠，18岁时，她进入大学主修演讲和戏剧。19岁时，她成一家电视台最年轻的主播。从此，她与电视主持人结缘，经过多年努力，终于成为一名出色的电视节目主持人，成为当今世界上最具影响力的黑人女性之一。

温弗瑞战胜了自己的命运，取得了骄人的成就，美国伊利诺斯大学甚至专门开设了一门课程研究温弗瑞。

每当灾难、坎坷等事情发生时，人们总是认“命”，自寻烦恼、不堪痛苦。其实大多是自己折磨自己。要知道，人生不是被“命运”操控的，人生是掌握在自己手里的！所以哲人说：“‘命’是父母给的，但‘运’是自己创造的。”成功者总是敢于向自己挑战，向命运挑战。

张海迪5岁时因患脊髓血管瘤，高位截瘫。她因此没进过学校，从童年起就开始以顽强的毅力自学文化知识，她先后自学了小学、中学和大学的专业课程。张海迪15岁时随父母下放到一个贫穷的小村子，但她没有惧怕艰苦的生活，而是以乐观向上的精神奉献自己的青春。在那里她为村里小学的孩子们教书，并且克服种种困难学习医学知识，热心地为乡亲们针灸治病，受到人们的热情赞誉。张海迪用自己的顽强毅力，战胜了命运，改变了命运。今天，她已经是著名的作家，青少年的精神导师。

有人说，命运是天注定的，这是不对的。命运是我们自己的，它是由我们自己决定的。如果相信命运天注定，那我们就永远不能战胜命运，改变命运。命运在我们手中，我们要有坚强、顽强的决心，不向命运低头。把命运掌握在自己手中，艰难前行的人生旅途中，就会充满希望。

9 要做个大人物的钦奇利亚

人物小传

钦奇利亚（1959—　），哥斯达黎加女政治家。出生于哥斯达黎加首都圣何塞一个富裕家庭，父亲安赫尔曾两度担任哥斯达黎加总审计长。1981年，钦奇利亚毕业于哥斯达黎加大学，获政治学学士学位，1989年又获美国乔治敦大学公共政策硕士学位。她曾在美国国际发展署、联合国发展计划办公室和美洲开发银行等国际机构担任顾问，积累了丰富的国际组织工作经验。2010年当选哥斯达黎加第一位女总统。

成长故事

一次，从事政治的父亲问小钦奇利亚："你长大后的理想是什么？"大概是受父亲从事政治活动的影响，小钦奇利亚眨了眨她的大眼睛，低头想了想，然后告诉父亲："我的理想是出人头地，做个大人物。"父亲看了看自己的宝贝女儿，亲切地告诉她："孩子，只要你付出努力，你会成功的。"

读中学的时候，有一段时间钦奇利亚对学习很反感，甚至想退学去挣钱自己养活自己。她把退学的想法告诉了父亲，没想到父亲听后勃然大怒："你真是个不争气的孩子，难道你忘记了要'出人头地，做个大人物'的理想了吗？"父亲坚决不同意她退学，她只好硬着头皮到学校上课。这时，正好学校请来一位著名的演说家给学生们作关于人生理想的演讲。演说家的演讲很特别，他把一张100元钞票扔到地上后，用脚反复踩踏，然后又捡起来举在手里，问听讲的学生有没人要这张钞票？台下的学生纷纷举手想要。演说家意味深长地对学生们说："我用脚反复踩踏这张钞票，你们还是想要它，因为它并没有贬值。其实，人的理想就像这张钞票，就算遇到狂风暴雨和悬崖峭壁，也不要被逆境击倒，因为它永远不会丧失价值。"听完演说家的话，坐在会场角落里的钦奇利亚一下子顿悟了："我的理想又何尝不是这张被蹂躏的钞票呢？如果我的理想没有撤退，那么人生就不会贬值。"

此后，钦奇利亚认真学习，努力追求自己的人生理想。大学毕业后，她到一些政府组织中当顾问，积累人生前行的经验。她不断学习，努力工作，成绩斐然，后来到政府中任副部长、部长，43岁时当选国会议员，由于业绩突出，47岁时任副总统，51岁时，她凭借广阔的人脉、务实的作风和扎实的民意基础当选为总统，成为哥斯达黎加第一位

睿智箴言

如果你能够克服自己内心的束缚，你就能实现任何你希望实现的目标。（钦奇利亚）

女总统，开创该国女性“当家”的先河。

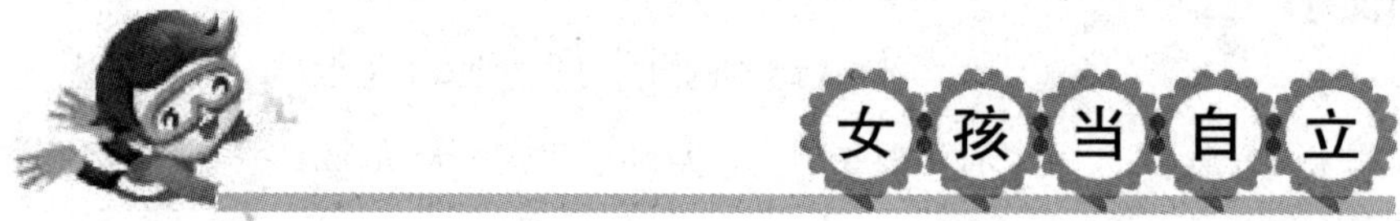

人生就是这样，不努力没有收获，小努力小收获，大努力大收获。付出多少汗水，才能得到多少收获。

著名作家冰心说：“成功的花，人们只惊羡它现时的明艳，而当初的芽，却浸透了奋斗的泪泉，洒满了牺牲的血雨。”是的，每个人都不是随随便便能够成功的，一般的努力只能取得一般的成绩或者没有什么成绩。渴望有成绩就要付出比别人更多的努力。

当然，在我们的生活中也许会有付出和收获不成正比的时候，我们付出了，我们努力了，但没有收获。但这不要紧，付出不一定就有收获，但不付出是绝对不会有收获的。只要我们坚持，付出终究是会有收获的，即使暂时失败了，我们也能从中收获经验。

五、女孩自立，敢于跨过面前的栏杆

我们面前的栏杆就是横在我们面前的困难、挫折、失败等不如意的事情，只有勇敢地跨过去，我们的人生才能走向成功。

1 勇于竞争的芬博阿多蒂尔

人物小传

维格迪丝·芬博阿多蒂尔（1930— ）出生于冰岛的雷克雅未克的一个书香家庭，父亲是大学教授，母亲是护士协会的主席。1980年6月，她当选为冰岛第四任总统，是世界上第一位民选产生的女性国家元首，并连任四届，任期15年。

出生在书香门第的维格迪丝·芬博阿多蒂尔并没有成为只知道读书的小女子，而是从小就养成了勇于竞争，敢于斗争的性格，在和小同伴们玩耍时，她总是很有主意，总能争在前面，让大家服从她。父亲看到自己的女儿这样要强，称赞她长大后一定是一个了不起的人。

17岁的时候，芬博阿多蒂尔离开父母，只身到国外求学，大学毕业后当教师，当图书管理员，当剧院的经理，不管做什么工作，她都努力争先。为了达到自己的目标，从不畏惧任何困难。

她不顾家人和朋友们的反对，积极参加世界反对扩军备战的和平运动。去苏联和中国参加世界和平会议。每年都要参加反对美国在凯夫拉维克设立军事基地的游行。

50岁的时候，芬博阿多蒂尔决定竞选总统，这对于冰岛乃至世界还是第一次。为此，关于她的流言蜚语铺天盖地，有的人说她疯了，更多人都说竞选总统是男人们的活动，劝她不要去参加竞选，可她不信邪："男人能做的事，女人一样能做，我就想打破这个世界先例。"当时竞选总统的共有4名候选人。有人就抓住芬博阿多蒂尔反对美国军事基地和反对冰岛加入北约这件事，攻击她，企图以此来吓唬她，更吓唬拥护她的选民。但芬博阿多蒂尔对此毫不在意。

睿智箴言

男人能做的事，女人一样能做，我就想打破这个世界先例。（维格迪丝·芬博阿多蒂尔）

竞选过程相当激烈，芬博阿多蒂尔和其他候选人一样周游全国，拜访选民，在工厂、农庄、旅馆等公共场所举行集会，发表演说。芬博阿多蒂尔毫不隐讳地宣称，她反对各种军备竞赛，主张把军备省下的钱用来支援发展中国家和改善本国人民的生活，强调要维护冰岛的文化和妇女的权利。结果，芬博阿多蒂尔竞选成功，成为世界上第一位民选女性总统。

美国的管理大师唐纳·肯杜尔针对竞争有过一番精彩的讲话："有很多人生活苟且，毫无竞争之心，最后抑郁而终。对于这类人，我只感到悲哀。"

人类从古至今，总是生活在各种各样的竞争之中，如果缺乏竞争意识，自然就不会有奋斗和进取的动力。这样的人，逃不过平庸和被淘汰的命运。要知道，未来永远属于具有竞争意识，敢于竞争、善于竞争的人。所以，面对现实，消极、胆怯、回避，于事无补；直面现实，敢于挑战，世界才会让出一条路来让我们驰骋。

有这样一个故事，有个科学家为了研究老虎的习性，把一只老虎放在一个保护区里每天喂肉养着，没多久就发现老虎无精打采，吃完了就睡，睡醒了就吃，可越长越瘦。后来，科学家把几只狼也放进了保护区里，老虎见有狼来到它的领地，马上精神起来，每天开始巡视自己的住地，老虎身体开始越来越好了。事实上，生活中出现一个对手、一些压力或一些磨难，的确不是坏事。有人说："一个没有对手的民族，必定成为一个不思进取的民族。同样，一个人，一个团体，一个组织如果没有了对手，也可能走向怠堕和没落。"

当然，敢于竞争更要善于竞争，不怕失败和挫折，有脚踏实地的精神和执着追求的努力。因为首先，竞争的过程中既会有胜利，也会有失败，在竞争中既能体会到胜利的喜悦，也会感受到失败的辛酸。我们应该做到胜不骄、败不馁，吸取经验和教训，发挥自己的优势，挖掘自己的潜能，以便为下一次竞争做充分的准备。其次，凡是有所成就的人，都在竞争的路上洒下了无数的心血和汗水，他们无不具有实干精神和顽强的毅力。所以，要想在竞争中取胜，就需要持之以恒地奋斗，需要付出无数艰辛的努力。

2 战胜不幸的弗吉尼娅·伍尔夫

人物小传

弗吉尼娅·伍尔夫（1882—1941），本名爱德琳·弗吉尼娅·斯蒂芬，出生在英国伦敦一个令人羡慕的书香门第。著名的小说家、散文家、批评家和传记作家，拥有一家出版社，同时也是一位女权主义者。主要作品有《远航》、《夜与昼》、《雅各的房间》、《达罗卫夫人》等。

成长故事

伍尔夫自幼体格羸弱，所以没有进入正规的学校，温柔善良的母亲成了她的启蒙老师。伍尔夫继承了母亲秀美的容貌，也继承了她喜欢幻想的性格特点。当然，带给她更大影响的是父亲。她的父亲是一位藏书万卷，学识渊博，德高望重的伦理学家、文艺评论家、散文家和传记作家。由于父亲在文化界的声誉，家中常常高朋满座，客人当中不乏一些著名的作家。伍尔夫耳濡目染，受益匪浅，从小就喜欢上了读书写作。父亲藏书丰富，对伍尔夫的读书又毫不限制，于是伍尔夫畅游在迷人的文学世界。

可是不幸接踵而来了，伍尔夫13岁时母亲病逝了，她极其悲痛，最终导致精神失常，两年后，和她关系密切的姐姐又不幸去世；22岁时，她的父亲也离开了人间。这一连串的死亡打击使她的心灵难以承受。父亲去世后三个月，伍尔夫第二次精神失常。直到一年后，在哥哥的帮助下，她的身体才有所好转。之后，她积极参加和组织读书沙龙，沙龙里汇集了英国的许多文化界名流，因为她学识渊博、机敏的感受力以及不同凡俗的趣味，渐渐成为沙龙的中心人物。她开始写作，并和爱人一起经营一家出版社。

可是命运总是跟伍尔夫过不去，世界大战爆发了，德国人的轰炸机把她的出版社和家园都摧毁了，一直伴随她的精神上疾病也在不停地折磨着她。但是，伍尔夫和命运、疾病却进行着顽强的斗争，坚持自己的文学创作。1929年，她的作品《一间自己的屋子》一鸣惊人，霎时引起轰动，这本书被当做西方女权主义运动的宣言，而且是一部神采飞扬的宣言。此后，她还创作了《雅各的房间》、《达罗卫夫人》、《到灯塔去》等大量小说。除了在小说方面取得了巨大成就外，伍尔夫的散文，尤其是那些随笔，也具有划时代的意义。

睿智箴言

一个人能使自己成为自己，比什么都重要。（弗吉尼娅·伍尔夫）

关于不幸，许许多多的先贤都表达过他们的思想。法国大作家巴尔扎克说过：“不幸，是成长之人的动力，是懦弱之人的无底深渊。”同样是法国大作家的雨果也说过：“永远的前进，如果上帝让人后退的话，他就会使人的脑后长眼睛。”古今中外，也有无数的名人历经磨难，顽强地挺住了，从而收获了成功。

很多名人的经历告诉我们：“不幸永远是一所最好的大学。”我们应从这里学会坚强与执着，只有战胜不幸奋力向前的人，才是真正的强者。一个人可以忍受不幸，更可以战胜不幸，因为每个人都有着惊人的潜力，只要立志发挥它，就一定能战胜磨难，渡过难关。

温室里是长不出万年松的，女孩只有经过磨砺才能有所建树。不经历风雨怎能见彩虹，一个真正有成就的人，肯定是在无数次的跌倒后重新站起来的。

3 敢于挑战自我的克里斯蒂娜

人物小传

克里斯蒂娜·奥纳西斯（1951—1989），出生于希腊的一个富豪之家，父亲是希腊著名的船王，同时也是20世纪六七十年代西方世界屈指可数的大富豪。在哥哥、父亲相继离世后，接手父亲的企业，成为一代女船王。

克里斯蒂娜出生在世界屈指可数的大富豪家庭里，父亲视她如掌上明珠，自小便百般宠爱。年仅3岁，父亲不惜花2000万美元建造了一艘以她的名字命名的豪华游艇，并且送给了她。长大后，克里斯蒂娜成了一个挥金如土、娇生惯养的千金小姐。她过着无忧无虑、呼风唤雨、养尊处优的生活。可好景不长，在她20岁刚出头时，哥哥因飞机失事而死去，两年后，父亲也溘然长逝。

父亲之死对24岁的克里斯蒂娜来说无疑是沉重的一击。父亲留下的家业太大了，有遍布世界各地的海运公司、办事处，有造船、旅游、航空、矿山、地产等产业，还有世界上最庞大的私人商船队与10亿美元的巨额资金。这巨大的家业和遗产，由她一人支撑继承，她深感责任的重大。此时，克里斯蒂娜体内潜藏的好勇斗胜的能量迸发出来，她决心挑战自己，勇敢地担当起重任。

那时，正值世界航运业大萧条，连续5年，海运业都没恢复元气，世界上绝大多数船只都被迫闲置，在这场风暴中破产的船主不计其数。在严峻的形势下，克里斯蒂娜的海运公司也受到了巨大的冲击。公司被迫取消订购，一些海运搁浅，损失惨重。面临这样险恶的困境，克里斯蒂娜振作精神，怀着必胜的信念，决心把每一场危机都当做一次绝好的发展机遇。过去，她百事不问，只会花钱，现在，她参与到公司的所有管理中。她深感自己才疏学浅，业务上一无所知。于是她放下公主的架子，抓紧一切时间从头学起。她谦虚地请公司的高级职员给她讲课，她仔细研读父亲留下的笔记本，学习父亲管理的奥秘。经过一段时间的学习和实践，克里斯蒂娜终于成为一个充满自信、机敏能干的女强人。此后，她对公司进行

睿智箴言

把每一场危机都当做一次绝好的发展机遇，从而使自己的事业在竞争激烈的逆境中兴旺发达起来。（克里斯蒂娜·奥纳西斯）

大胆的管理，起用忠诚企业的能人，在她的不懈努力下，企业不仅没有在大萧条中破产，而且略有盈余。在全球海运公司纷纷倒闭的形势下，克里斯蒂娜的成绩令人咋舌。她没有辜负父亲的期望，不仅守住了老船王的家业，而且有了长足发展，成为世界上最富有的女人之一。

老子说："知人者智，自知者明，胜人者有力，自胜者强。"一个人，能了解别人，慧眼识人，是聪明人，但能够认识自己、了解自己的人，才是真正有智慧的人；能够战胜别人的人，是有力量的勇士，但能够战胜自己的人，才是真正的强者。

战胜自己，首先要勇于挑战自己。挑战自己需要勇气，这也是对一个人来说最重要的事情之一，失去勇气也就失去了一切。一个人在面对困难的时候，是应该选择像懦夫一样逃避，还是像勇者一样迎接挑战？所有人都应该大声回答："当然应该像勇者一样挑战自我。"

挑战自我，需要我们给自己加压，敢于负责，勇挑重担，敢于担当。勇挑重担、敢于担当是一种境界、是一种精神、更是一种责任。勇挑重担、敢担当更要有信心，有胆识，有不怕吃苦的精神，敢于主动承担责任，战胜困难。

挑战自我，更需要有斗志。生活中遇到困境不可怕，可怕的是我们失去自信，失去斗志。生活，就是一本教科书，很多时候，我们身边的环境，并不如我们所愿，在困境中，更要学会欣赏自己，相信自己，肯定自己，鼓励自己，这样，我们就会发现，我们的生命将焕发新的生机，我们的潜能将会得到挖掘，我们的能力将不断得到加强，我们的斗志将更加昂扬，我们的事业将蒸蒸日上。

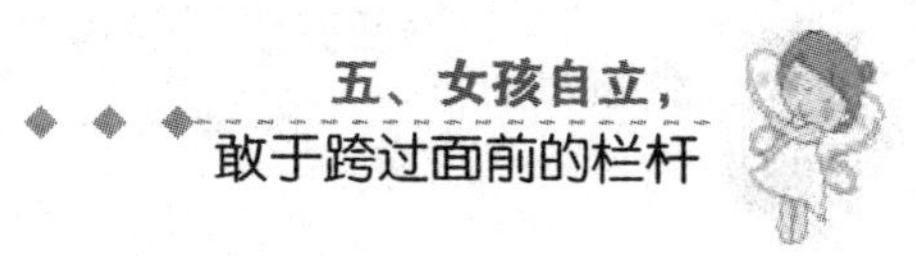

敢于挑战自我，并在挑战过程中努力学习、勤于实践，我们就会成为拥有智慧并富有激情的人，成为胸怀大志并脚踏实地的人，成为德才兼备并勇于创新的人，成为富有责任感并敢挑重担的人！

4 不惧世俗偏见的热尔曼

人物小传

索菲·热尔曼（1776—1831），法国数学家，生于巴黎一个殷实的商人家庭，从小热爱数学，但不为家庭所鼓励，也不为世俗所接受。但她勇敢接受挑战，终于取得了令世人瞩目的成绩。

成长故事

热尔曼小的时候，法国社会正值一片混乱，父母担心孩子在外边不安全，所以，整天把她关在家里学习。好在父母都是知识渊博的人，教给她很多知识和学习方法，这为热尔曼后来的学习打下了良好的基础。

有一次，小热尔曼在爸爸的书房里读到大数学家阿基米德的故事，当她读到士兵要杀阿基米德，阿基米德还要求把一个公式写好时，她沉思良久：数学一定有无穷的魅力，要不然阿基米德怎会如此醉心于它？于是，她也去找几本数学书看，想从中找到什么乐趣。从此，热尔曼就开始陶醉在数学之中。很快，她对数学的痴迷达到了夜以继日、废寝忘食的程度。父母开始担心她的健康，最后强迫她晚上早睡。为了防止她夜间偷偷起来看书，晚上故意不给她烧壁炉的木柴，还拿走了她的所有外衣。为了摆脱

睿智箴言

一个人可以如此地痴迷于一个东西以至于置生死于不顾，那么这个东西一定是世界上最美的最迷人的。（索菲·热尔曼）

父母的约束，她把蜡烛藏在了秘密的地方。到了晚上，她用毯子把自己裹起来保暖，摸进父亲的书房去找书。最终，她对数学的渴望战胜了父母的固执，深受感动的父母让步了。

18岁的时候，热尔曼想到巴黎的一所大学学习，因为在那里云集了当时众多数学大师，她想学习深造，结识那些数学家。可是，热尔曼却没能如愿，因为那所大学只接受男生，因为他们觉得只有男人才能从事数学研究工作。

热尔曼没有被这个偏见吓倒，男人能从事数学研究，女人也一定能，进不了大学，她就从朋友们那里借来听课笔记自学。她发誓要改变世俗对女人的偏见，经过几年的自学，她把自己的学习成果撰写成数学论文，然后用“布朗先生”的名义把这些论文寄给当时的一个著名数学家。

那个数学家对这些论文赞不绝口。当数学家主动要求和作者见面时，才发现“布朗先生”居然是一位女郎。数学家非常惊讶于热尔曼的自学能力，认为她对数学的理解远远超过那些大学里的男学生，于是主动提出要做热尔曼的指导老师.。

因为是女性，许多大门对她都是关闭的。热尔曼找不到合适的职业，一生漂泊。但她为数学事业却做出了巨大的贡献，成了第一位凭自己的学术成就获得“科学院金质奖章”的女性。多年后，人们在她去世的建筑里建立了一块纪念她的铭碑，巴黎市有一条街道和一所高中以她的名字命名。人们用这种方式表达了对这位数学王国的女性的敬意。

女孩当自立

世俗偏见是一种由于多种因素形成的对客观世界认识的一种特定的思维模式，也称为思维定式。世俗偏见的形成因素与国度、区域、民族风情及不同的文化层次密切相关。人生活在社会群体中，人与人无时无刻不在进行各种交往。所以，一个人的思想意识，行为方式，认识问题的方法，理解问题的思路等无不受其他人的影响。这些影响中，世俗偏见就是一种非常重要的影响。这种世俗的思维定式及偏见在人与人交往中会使人们的正常行为无端地受到猜疑、误解、歧视、责难，甚至伤害。许多人因为战胜不了世俗偏见的影响而放弃自己的理想和追求。所以，战胜世俗偏见，勇敢地投身到自己想要从事的某一项工作、某一个行业中来，这是需要很大勇气的。

对于我们女孩来说，世俗偏见是值得注意的，因为日常生活中的很多机遇都错失在了世俗偏见中；人类的很多本是良好有益的事情，也都坏在了世俗偏见上。在我们的人生之路上，不要“听风就是雨”，更不要按照世间原始古老的习俗习惯对一些表象或虚假信息作出判断。这种世俗偏见，通常都带有与客观事实相悖的主观失误或失真，从而导致我们追求的失败。

所以，不要管别人说什么，坚持走自己的路，不要管世俗偏见多么顽固，坚持向自己的理想前进。当然，战胜世俗偏见的关键是首先要认识到自己的不足，要追求完美，奋发图强，埋头苦干。不可做井底之蛙，更不可夜郎自大。所以，要勤于思考、亲身体验、自我感受、见解独立、客观判断、防止人云亦云，这是做人的一种良好品质，也是走好人生之路的必需。

5 全玉敬“用鸡蛋砸碎石头”

人物小传

全玉敬（1972— ），出生于韩国一个富裕家庭，韩国教育咨询家，首尔艺术留学院院长。全玉敬的名字在韩国家喻户晓，韩国妇女更是对全玉敬津津乐道，视她为韩国女性的楷模，争相仿效的偶像。在韩国，她几乎成为“女性创业”、“女富豪”、“女强人”的代名词。已出版的著作有《韩国妈妈们都疯了吗》、《早期留学100%成功的安心秘诀》、《美国名门私立学校160》等多部。

1975，韩国姑娘全玉敬大学毕业了，工作不好找，可她又不甘心做一个家庭小女人，也实在不想一生碌碌无为。做点什么呢？做买卖经商又没有本钱。思来想去，她觉得自己挺喜好英语，大学时英语成绩也不错，可以做一名英语老师。经过一段时间的考察，她决定开个英语讲习班。于是，她想办法筹集了相当于人民币5000元的资金。可是这点钱实在太少了，5000元对于许多人来说仅够挥霍一夜，仅够一顿大餐，可就这5000元对全玉敬来说却是那么珍贵。她舍不得多花一分，没有钱租教室，她就把自己家腾出一个地方，买来几张课桌和黑板等简单的教学用具，花大部分钱印了一些别有特色的小广告，在家里办起了课余讲习班，为孩子们讲习英语。

万事开头难，没有学生，她就像今天的一些家教老师一样，到学校门口，到人多的地方发广告，和前来咨询的家长们耐心地解释她的讲习班的特点，慢慢地学生们来了，一个、两个、三个……全玉敬看到了希望。为了改变自己的命运，她挽起衣袖、甩开膀子拼命地工作，她梦想着将来用自己坚实的双臂去拥抱成功。由于她教学认真，很注意教学方法，那些前来补习的孩子的英语成绩提高得都很快，一传十，十传百，全玉敬的小讲习班里学生越来越多。

睿智箴言

幸运就在每个人的双臂上。（全玉敬）

她开始不满足于自己的讲习班了，决定开办一所大型的培训学校，于是，她租房子，聘老师，扩大招生。尽管想到了可能会遇到很多困难，但实际运作起来，困难比想象的要多得多，但全玉敬是一个热爱工作，不怕困难的人。每当面临工作上的磨难和困难时，她就会更加奋不顾身，几近疯狂地投身于工作中。上天会回报每一个为理想和目标付出努力的人，当她拼尽全力，甚至快要崩溃的时候，她所付出的努力带来了巨大的收获。在她不懈的努力和矢志不渝的拼搏中，幸运总是伴随着她。因为她坚信：“幸运就在每个人的双臂上。”

为提高自己的工作能力，全玉敬一边经营自己的培训学校，一边提高英语学习，1984年，她从韩国外国语大学英语专业毕业，不久，她想利用自己在英语专业学习时积累的经验和人气，开办一所艺术留学院，专门培训那些学习艺术专业想出国留学的学生。可家人和朋友都劝她别“别拿鸡蛋去碰石头”，办一所大学，对于她一个娇小的女子来说实在太难太难了。可全玉敬是个喜欢在工作中重塑自己，尝试突破自身极限的人，她说：“我就是要用鸡蛋去碰石头，还要用鸡蛋把石头砸碎！”越是逆境，她就越有韧劲，一年后，她的首尔艺术留学院成立了。她自任院长，把自己的全部心血都倾注到这项事业中，她开始了新的征程，她下定决心，纵使千难万险，也绝不回头。

如今，用5000元人民币起家的全玉敬已经拥有了大型幼儿园、大型培训学院、保龄球馆和留学院。总资产相当于5000万元人民币。她总结自己成功的经验，写了多本书，她的《一个女人的致富箴言　从5000元赚到5000万元的感悟》一书很受中国读者的欢迎。

全玉敬白手起家，以娇小的女儿身做出了令人钦羡的业绩，作为留学专家，作为教育咨询家，作为传播媒体经营人，无疑，她是一名成功者。在韩国，甚至西方国家的许多人都对这个东方女人的经历大为赞叹，把全玉敬白手起家的典型事例归纳为“全玉敬模式”。

全玉敬的成功靠什么？靠的是“奋不顾身、几近疯狂地投身于工作中”的干劲，靠的是“用鸡蛋把石头砸碎”的人生勇气和精神。是的，能够“用鸡蛋把石头砸碎”的人，还能有什么样的事情做不成呢？

“别拿鸡蛋碰石头”这是中国人的一句俗语，正是因为这句俗语，使得我们许多人不敢面对人生的困难、挫折和失败，不敢面对生活中的逆境、痛苦和磨难。所以，遇到困难退缩了，遇到挫折回头了，遇到失败放弃了；所以，面对逆境抱怨不休，面对痛苦垂头哀叹，面对磨难感叹不已。可我们忘记了困难是可以克服的、挫折是可以战胜的、失败是可以重来的；可我们忘记了逆境是可以改变的，痛苦是可以忍受的，磨难是可以战胜的。困难和挫折很容易把一个人吓倒，使人唉声叹气，退缩不前；困难和挫折也可使人精神振奋，奋勇向前。经受逆境和磨炼，可以增长才干，增强意志，得到锻炼，获得经验。正如俄国著名的物理学家列别捷夫说的那样：“平静的湖面练不出精悍的水手；安逸的环境造不出时代的伟人。”

回想一下，凡在历史上有作为的人物，都是经过困难和挫折磨炼出来的。在人生的道路上，我们不免会遇到一般人难以体会的困难、挫折和痛苦，在这种情况下，只有强者才能挺立。在人生的征途上，只有不畏险阻，不怕困难的斗士才能享受到成功的喜悦。拿出“用鸡蛋把石头砸碎”的勇气和精神，百折不挠，坚定不移，勇往直前，我们就能无往而不胜。

6 李清照身处忧患志不屈

人物小传

李清照（1084—1155），出生在一个书香之家，号易安居士，是著名的女词人。她的词作典雅清丽，充满了情感，并且善用白描手法，在传统的诗词创作中另辟蹊径而自成一体，对后世影响很大。著作有《易安居士文集》、《易安词》及《漱玉集》等。

李清照的父亲是著名学者和作家，母亲也很有文化，精通诗词创作。在文化色彩浓厚的家庭气氛中，李清照从4岁起便受到了良好教育。小时候的她思维很活跃，记忆力特别强，再加上肯学勤学，5岁的时候，她已经读完了《诗经》和《楚辞》这两部中国诗词的经典之作，其中的许多文章都能背诵如流。从10岁起父母开始教她填词作诗。小清照只须稍加指点便能懂得要领，表现出惊人的理解力，没用多少时间，她便掌握了写作的基本规律。她写作时非常认真，每写一篇诗词总是写了再改，改了再作，反反复

睿智箴言

生当作人杰，死亦为鬼雄。（李清照）

复不知多少次，直到相当出色时才肯拿出来给人家看。她的这种治学精神，受到大人们的称赞和推崇。十五六岁时，李清照开始在南宋词坛上崭露头角。

公元1127年，北方女真族攻破了北宋的都城汴京，百姓纷纷逃难。李清照和他的丈夫金石学家赵明诚也随难民流落江南。夫妻二人流落他乡后，多年收集来的金石字画丧失殆尽，这给李清照妇夫造成了沉痛的打击和极大的痛苦。不久，丈夫赵明诚便病死于宋朝的新都城建康（今南京），这更给李清照增添了难以忍受的悲痛。后来，李清照又因受骗入狱，家人为此花了很多钱，她才被保释出来。一下子，生活又陷入困顿之中。

面对国破家亡，李清照虽身处忧患但志不屈，她决心继续丈夫未完成的事业，在冷冷清清的晚年，她殚精竭虑，收集整理金石字画知识并编撰《金石录》一书。没有人陪伴，生活、写作处处艰难，在痛苦的煎熬中，李清照提笔写下了许多著名的词，最后成了一位了不起的大词人，在中国文学史上有着举足轻重的地位。

李清照身处忧患而志不屈、饱经摧残而不服邪。这个“志”指的就是坚持做人的骨气、品格与道德。正因为“志不屈”才有“生当作人杰，死亦为鬼雄”的人格精魂。

我国古代英雄岳飞、文天祥、林则徐、谭嗣同等，在大是大非面前毫不含糊，他们把个人生死置之度外，他们“精忠报国”、“人生自古谁无死，留取丹心照汗青”、“苟利国家生死以，岂因祸福趋避之”、“我自横刀向天笑，去留肝胆两昆仑”……他们的故事让人热血沸腾；他们的誓言让人铮铮铁骨；他们身处国家民族危亡之际，没有丝毫犹豫和忍让，而是大义凛然，视死如归，虽然历经千百年时光的洗练，但他们依然令人击节赞叹，肃然起敬。

人活着就是一口气，所以，做人一定要有骨气，正如有人说的那样："做人有骨气，做事要有正气，遇到困难时要有勇气，顺境时不要有傲气，逆境时不要泄气。有骨气的人，哪怕物质贫穷到一无所有，也能让人另眼相看；一个人有骨气地活着，人的短暂有限的一生才会生活得有意义。"做人就应当做一个顶天立地的人，男孩要成长为泰山压顶不弯腰的汉子，女孩要成长为面对困境绝不低头的女人！苦难对于软弱的人就是一场灾祸，但是对于一个坚强的人来说，就是一笔巨大的财富。不畏艰险，勇往直前，这才是有骨气的表现！一个人有了骨气，才能够自立；一个人有了骨气，就有了一笔珍贵的财富。

7 有努力即有奇迹的米勒

人物小传

波西娅·辛普森·米勒（1945— ），牙买加政治家，出生在牙买加东南部伍德霍尔的一个贫困家庭。虽然家境贫寒，米勒却以勤工助学等方式苦学，最终拿到了美国迈阿密联合大学公共管理和计算机程序设计双学位。1974年，米勒当选地方议会议员，开始从政。1978～2006年期间，米勒一直担任执政党人民民族党副主席，并出任过劳工部部长、体育部部长、旅游部部长。2006年，2012年，两次出任牙买加政府最高领导人。

贫困的家境，青少年时代坚苦求学的经历，磨炼了米勒不屈不挠的性格和对工作认真负责、对事业不懈进取的精神。29岁的时候，她就成了首都金斯敦当地的一名议员；33岁时，她成为牙买加人民民族党的副主席；44岁，成为议会议员。47岁的时候，她参加总理竞选，由于自身资历不够，加上准备不充分，那次参选她败得一塌糊涂，遭遇到当时一些政界人士的嘲笑，她被认为是“不自量力”。尽管如此，米勒输了选举却赢得了人气，成为牙买加人喜爱的政治家。在牙买加下层人民中她始终享有很高的欢迎程度，她被亲切地称为“P大姐”（米勒的名，波西娅的第一个字母是P）。

失败并没什么，在米勒的心里，她知道这只是自己向总理宝座进军的一次预演。不屈不挠的米勒，此后在政府内担任过多种职位，她努力工作，在经历十多年政坛的磨炼之后，她选择再次冲击总理宝座。

2006年，61岁的米勒在一次党内投票中击败其他3名竞争者，成功当选为执政党领袖。根据牙买加法律规定，米勒自动成为牙买加政府总理，成为牙买加历史上第一位女性总理。当上总理后，这位出生于贫困社区的新总理更懂得体恤民情，善于与普通百姓沟通，这为她赢得了很高的人气和声望，使她成为牙买加最受欢迎的政治家。可是，2007年，米勒领导的执政党败于对手工党。

睿智箴言

剪断枷锁，抛开束缚，让女性参与、融入进来，使整个世界变得更加完整，更加强大，更加坚实。（波西娅·辛普森·米勒）

米勒卧薪尝胆，4年后卷土重来。2011年，65岁的米勒再次胜选。2012年1月第二次出任总理。米勒说话喜欢引经据典，她曾引用牙买加诗人波·马里的诗句说：“昨夜，冰冷的土地是我的床，冰凉的石头是我的枕。今天，我要让这样的生活彻底成为过去式。”虽然对手指责她“缺少最基本的经济和法律常识”，“领导能力不足”，但她凭借敏锐的政治眼光和天生的亲和力，开启了牙买加政治

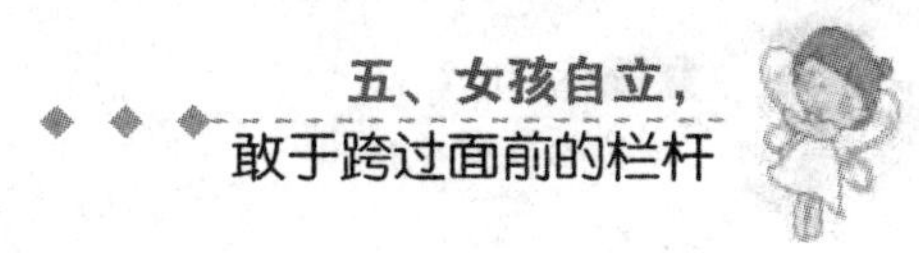

新局面，成为该国最成功的女政治家。

牙买加人常说，米勒的成功是“有努力即有奇迹”的牙买加梦想的最真实诠释，她的事迹，激励了牙买加一代人。

有努力即有奇迹。奇迹，一个多么神圣的词。不管那些创造出奇迹的人创造出怎样的奇迹，他们都是用同一种方法创造出来的，那就是努力。对我们的人生来说，一切奇迹的发生都在努力付出之后。付出，不一定会收获奇迹；但不付出，一定不会收获奇迹。

我们的时代是一个日新月异、人才辈出的时代，是一个充满奇迹的时代。但这个充满奇迹的时代也不是不付出只凭幻想就能获得奇迹。站在山脚下，哀叹山高路远，总也无法感受攀登的快乐，不能享受登临绝顶时“一览众山小”的豪迈；只要你迈开脚步，无论步伐多小，都能体察攀登之乐，都是逐渐地靠近山顶。站在大海边，我们会感叹大海的宽广无边，但只要你勇敢地驾起一叶小舟，披荆斩浪，勇敢前行，我们就有达到彼岸的时候。所以，无论现在你在什么位置，出于什么位次都不重要，重要的是你要启动，你要前进，不要犹豫，不要悲伤，静心除躁，心中怀揣着自己的梦想，自信前行，风雨无阻……

“种瓜得瓜，种豆得豆”，奇迹不存在于想象之中，它只是努力的另一个名字，如果我们下决心投身于一件事，努力去争取10年、20年、30年，在我们的身上也一定会发生奇迹。

8 追求忘我的塞尔玛·拉格洛芙

人物小传

塞尔玛·拉格洛芙（1858—1940），是瑞典的优秀女作家，生于瑞典西部的一个军官家庭。长大后，她在一座小城当了十年的中学地理教师。这期间，她开始了文学创作，写出了许多优秀的短篇小说。《骑鹅旅行记》是她唯一为儿童而写的长篇童话。1909年，“由于她作品中特有的高贵的理想主义、丰富的想象力、平易而优美的风格”，而获诺贝尔文学奖。因为她的巨大成就，1914年她被选为瑞典皇家学会会员。

成长故事

1858年，一个女孩诞生在瑞典的一个富裕之家。然而，3岁时，女孩就染上了一种无法解释的疾病，因此几近瘫痪，爸爸妈妈为此甚是苦恼。不能出去玩耍的女孩只好与书籍和会讲故事的外祖母朝夕相伴，她喜欢听祖母讲那些童话故事，又读了大量的童话和民间故事。于是，她立志要当一个作家。

7岁的时候，一次女孩和家人一起乘船旅行。同船旅行的还有船长的太太。船长的太太是一个很爱说，很受孩子喜欢的人，和女孩一向相处得很好。女孩更加喜欢她。一天，船长太太绘声绘色地为在甲板玩耍的女孩讲述船长有一只天堂鸟，这是只特别美丽的鸟，而且告诉她这只鸟有很神奇的力量。女孩被船长太太的话深深吸引了，她急于看到这只天堂鸟，她让照顾她的保姆快去找船长。于是，照顾她的保姆只得将女孩独自留在甲板上，自己先去征得船长的同意。谁知，船长有事正忙，保姆只好在那里等待。但是，女孩在强烈的好奇心的驱使下，实在等不及了，正好一个服务生路过，她请求服务生立即带她去看天堂鸟。那服务生不知道她的腿有病不能走路，拉起她的胳膊就走。奇迹发生了，在过度的渴望下，女孩竟随着服务生慢慢地走了起来。从此，女孩的病便痊愈了。

睿智箴言

忘我精神是走向成功的一条捷径。（塞尔玛·拉格洛芙）

这个女孩子长大后，对文学创作中产生了浓厚的兴趣，她将自己的精力投入到忘我的文学创作上，先后创作了多部作品，深受人们的喜爱和欢迎。

年近50岁的时候，应一位小学校长的请求，她答应写一本适合儿童读的书。她忍受着腿疾带来的巨大痛苦，忘我地在全国各地奔波，进行实地考察。在认真研究飞禽走兽的生活习性、各地的风俗习惯和民间传说的基础上，完成了举世闻名的童话小说《骑鹅旅行记》。她也因此成为第一位获诺贝尔文学奖的女性。她就是瑞典著名的作家塞尔玛·拉格洛芙。

是什么使塞尔玛从身缠怪病到闻名天下？使她从默默无闻的瘫痪女孩变成身体健康的大文学家？追求忘我是她克服自身缺陷实现人生目标的一条捷径，只有在这种环境中，人才会超越自身的束缚，释放出最大的能量。

古时候有位禅师，修行参禅专心致志，道行很高，四方僧人禅客纷纷前来拜访请教。可是，每当弟子来到禅师身边向他通报有人要学道时，他总是反问："谁是禅师？"禅师专注禅理，就连吃饭时也在聚精会神地思考。弟子见他手拿碗筷不动，就提醒他："师父吃饱了吗？"他竟然忘记了自己正在吃饭，反问弟子："说什么？谁在吃饭？"禅师专注修行，终于成为禅学的一代宗师。

有人曾经做过有趣的统计：在所有汉字中，使用频率最高的一个字就是"我"。由此可见，"我"在人们心目中多么重要。但人生在世，要想成就一番事业，许多时候都需要把这个"我"字抛开，真正进入一种忘我的境界。

专注是一种精神，忘我是一种精神境界，忘我也是力量源泉，能使时光永恒、品行升华、事业成功！忘我是成就人生的一条捷径，只是在忘我的前提下，人才会超越自身的束缚，释放出最大的能量。一个人只要有忘我的精神，就能闪烁出永恒的光芒。

"当我们能够忘我地做一件事的时候，我们就是天才。"要做一件事，首先要做到忘我，忘记自己的能力范围，全心全意对待这件事，多挑战，多尝试，才会让自己变得更坚强、更完美。如果你做一件事，总是想自己能力达不到，做不好，那么，我们定然做不好了。

在这个世界上，命运不可能把每个人都安排得那么好，但只要能达到忘我地追求所热爱的事业，最后，每个人的未来都是一片光明；相反，如果一天天消沉，认定自己做不了什么，那么，就会遭到命运的排斥。

有时候，奇迹的出现并没有我们想象的那么复杂，关键在于，你必须进入一种忘我的境界，哪怕是短暂地进入。

9 愈挫愈勇的蒙台梭利

人物小传

玛丽亚·蒙台梭利（1870—1952），出生在意大利安科纳地区一个小镇的军人家庭。意大利历史上第一位学医的女性和第一位女医学博士。意大利幼儿教育学家，蒙台梭利教育法的创始人，世界教育史上一位杰出的幼儿教育思想家和改革家。她所创立的、独特的幼儿教育法，风靡了整个西方世界，深刻地影响着世界各国，特别是欧美先进国家的教育水平和社会发展。

玛利亚·蒙台梭利的父亲是个性格平和保守的军人，母亲博学多识、虔诚、善良、严谨、开明。蒙台梭利虽是家中的独生女，但父母并不溺爱她，而是注意对她的教育，从小就要求她守纪律,同情和帮助穷苦和残疾的儿童。因此，她幼年时就特别关心那些不幸的儿童，尽可能地帮助他们，也养成了自律、自爱的独立个性以及热忱助人的博爱胸怀。

从孩提时代起，蒙台梭利就是个自尊心非常强烈的孩子。有个老师对学生很严格，很权威，不尊重，不关心。这位老师曾用略带侮辱的口吻提及她的眼睛，为了抗议，蒙台梭利从此不在这老师面前抬起“这对眼睛”，她认为孩子也是一个人，也需要受到尊重。

睿智箴言

人类的高贵来自于你就是你，你不是别人的复制品。（玛丽亚·蒙台梭利）

中学毕业后，蒙台梭利选择了多数女孩不感兴趣的数学，后来她又对医学产生了浓厚的兴趣，于是，她做了一个前所未有的决定——学医。女孩子学医，在当时保守的社会里，可谓荒谬。父亲坚决反对她学医，甚至以中断对她经济上的资助为要挟，但蒙台梭利不顾父亲的反对以及当时教育制度的限制，凭着她不屈不挠的努力，终于获准进入医学院研读。由于她是班上唯一的女生，时常单独留在解剖室做实验，与死尸独处；再加上家人的强烈反对，沉重的压力闷在她的心里。不过蒙台梭利却能愈挫愈勇，炼就了异于常人的毅力，为日后献身儿童教育，奠定了成功的基石。

26岁时，蒙台梭利获罗马大学医学博士学位，成为罗马大学和意大利的第一位女医学博士。随即在罗马大学附属医院担任医生，诊断和治疗身心缺陷儿童，并开始对低能儿童的研究发生了兴趣。

37岁的时候，蒙台梭利根据自己的研究成果，在罗马贫民区建立“儿童之家”，招收 3～6岁的儿童加以教育。她运用自己独创的方法进行教学，获得了惊人的效果：那些“普通的、贫寒的”儿童，几年后，心智发生了巨大的转变，被培养成了一个个聪明自信、有教养的、生机勃勃的少年英才。蒙台梭利崭新的、具有巨大教育魅力的教学方法，轰动了整个欧洲。

1909年，蒙台梭利写成了《运用于儿童之家的科学教育方法》一书，1912 年这部著作在美国出版，同时很快被译成 20 多种文字在世界各地流传；100 多个国家引进了蒙台梭利的方法，欧洲、美国还出现了蒙台梭利运动。此后，蒙台梭利学校已遍布世界各大洲。

蒙特梭利为促进儿童智力发展和实现世界和平奋斗了一生。她生前曾经获得许多荣誉和奖励，反映了世界各国人民对她的热爱与尊敬。1949年

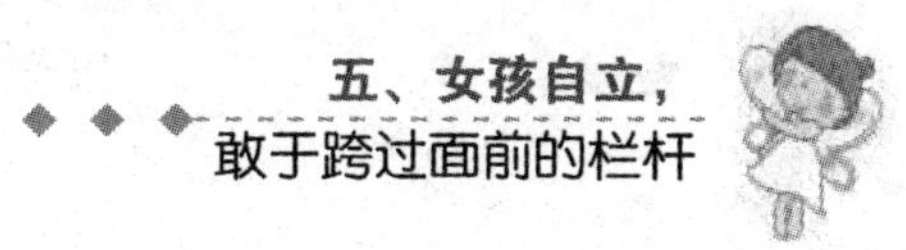

到1951年，连续三年被提名为诺贝尔和平奖候选人。

牛顿发明地心引力学说的时候，全世界的人反对他；哈维发明血液循环学说的时候，全世界的人反对他；达尔文公布进化论的时候，全世界人反对他；贝尔第一次发明电话的时候，全世界人讥笑他。一个人如果要做一件超出世俗观念的事，定然会受到世人的反对，甚至会使自己置身绝境，此时，我们必然会饱受痛苦的煎熬，忍受非人的折磨。它迫使我们不得不躲在一个偏僻的角落，反观自身的内心和灵魂，扫清思想上的障碍，触摸心灵中最脆弱的一部分，对生命进行深层的思考，正视这突如其来的人生绝境，把它当做一块磨炼人的砺石，锤炼自己，激发生命活力，鼓励自己奋斗到底。

对于挫折，著名的数学家华罗庚曾经说过："在科学的道路上没有平坦的大道可走，只有一条条弯曲的小径。只有不谓攀登的人，才有可能登上科学的顶峰。"强者在挫折面前会愈挫愈勇，而弱者面对挫折会贸然不前。 人遇到挫折后肯定会意志消沉的，这对任何人来说都属正常现象。不过作为真正想要做一点事的人，要学会坚强，遇到困难和挫折要学会自我鼓励并且坚信一定会战胜难关。只有这样做，我们才会从中逐渐学会了坚强和独立，才会遇事冷静，才不会被那些挫折吓倒。

正如伟大的航海探险家哥伦布说："世界是属于勇者的。" 在遇到挫折时，一定要有愈挫愈勇、百折不挠的毅力，一定要矢志不渝地沿着自己既定的目标走下去。

10 不畏命运折磨的伏尼契

人物小传

艾捷尔·丽莲·伏尼契（1864—1960），原名丽莲·蒲尔，出生于英国的一个书香门第，父亲是大名鼎鼎的数学家，母亲是一名社会学者。英国著名女作家。世界名著《牛虻》的作者，另著有《俄罗斯幽默文集》、《杰克. 雷蒙》、《奥利芙. 雷瑟姆》、《中断了的友谊》等。

伏尼契出生7个月时父亲就去世了。母亲带着她们姐妹五人艰难度日，没有生活来源，母亲只好到大学图书馆去工作，但这也解决不了全家人糊口的问题。母亲只好把伏尼契送到亲戚家里，小小的伏尼契就开始过着寄人篱下的生活，这也养成了她认真读书、顽强拼搏的精神。18岁时，她得以用一笔遗产进入柏林高等音乐学校学习钢琴。

可是命运又一次折磨了她，刚刚从音乐学校毕业不久，她就患上了严重的手指痉挛症，从此不能再弹钢琴了，她不得不忍痛放弃成为职业钢琴家的理想。此时，她非常沮丧，不知道自己今后的路在哪里，但是，她觉得自己不能因此就沉沦下去。经过慎重的考虑，她决定用支付学费后余下的钱做路费，游历欧洲。此后，她的足迹遍布德国、波兰、瑞士，并在巴黎居住了一年。生活的坎坷促使伏尼契不断思索人生，这时，她读了不少政治书籍，开始了人生观的转变。

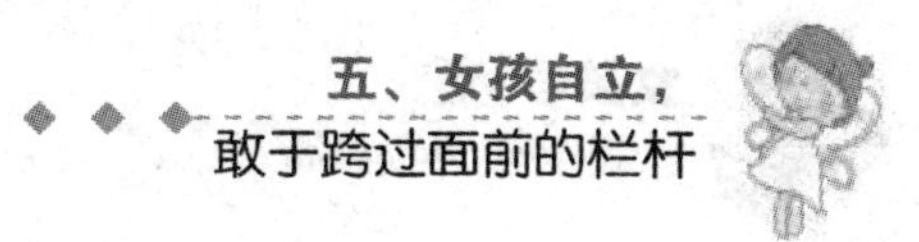

年轻的伏尼契在阅读了《俄罗斯的地下革命》一书后，非常崇拜这本书的作者斯捷普尼亚克。后来，她终于有机会结识了俄罗斯偶像，斯捷普尼亚克非常喜欢伏尼契，教会她俄语。伏尼契萌生了游历俄罗斯的念头，这一想法改变了她的一生。

在俄罗斯，她接触了俄国革命党人，并积极参加了他们的活动。她曾冒着生命危险去探望被沙皇监禁在狱中的革命者，还在俄国和英国之间寄送宣传品。这些工作为她以后的文学创作积累了大量的第一手资料。

在俄国居住两年后，伏尼契回到伦敦，她积极参加革命活动，并结识了许多革命人物，出于对这些革命者献身精神的敬佩，她决心写出一本反映他们斗争生活的书。1897年以许多流亡者颠沛流离奋斗的事迹浓缩提炼而成的英文小说《牛虻》率先在美国和英国发表，稍后即被翻译成俄语，受到世界人民的欢迎。可是在英国她一直受到冷遇，但她不惧怕这些，一直坚持写作，她的作品《杰克·雷蒙》、《奥丽维亚·拉塔姆》、《中断了的友谊》、《脱下你的靴子》等相继出版，她也成为世界著名的作家。

人的命运就像是海上的波涛，有时起，有时落，有时还能撞击出美丽的浪花……一个人在平凡的生活中若能经受住惊涛骇浪的考验，若能在大风大浪中胜似闲庭胜步，这个人必定有着惊人的毅力和顽强的斗志，因为他必定有着巨大的精神动力和执着追求，并且最终能够有所成就。

人的命运，坎坎坷坷，充满在人生的每时每刻；坎坎坷坷，体现在日常的每天每日。每个人的人生都不会是一帆风顺的，人的不幸命运或许就是上帝安排下来给人们的苦难和礼物。试想，正当我们到达人生的光辉顶，开始享受命运的波峰浪尖而带来的喜悦时，往往会遭到暗流、旋涡的袭击而使我们一落千丈，而使我们跌入人生的波谷浪底。此时此刻，命运就向我们发起了挑战：要么低头屈服、一蹶不振，任凭命运的摆布；要么不屈不从，奋起搏击，不畏命运的宰割。要相信自己，苦难可以让我们变得更加坚强，只有做一个以不畏艰险的精神来主宰自己的命运，改变自己的命运，向命运挑战的生活的强者，握住命运的咽喉，不畏挫折叹息，不向命运低头，才能真正掌握自己的命运。

正如圣经上所说：如果你不能自救，上帝也就不能救你。所谓的“命运”其实就在自己的手里，也就是自己创就了命运。生命的放歌不需要附和命运的律动，世上没有命运，没人固定我们生命的轨迹，也没人能预料我们最后的归宿，那时常挂在人嘴边的命运，只是个人创造的虚无的海市，浪荡的季风，命运把握在自己的手中，希望的彼岸只偏向那些有准备的人。

六、女孩自立，全身心地专注于一件事

人与人之间的差别并不是天赋、机遇，而是有无目标。选择好自己的人生定位，专注于一件事，把一件事做透，才是取得成功的捷径。

1 只写了一部书的玛格丽特·米切尔

人物小传

玛格丽特·米切尔（1900—1949），出生于美国佐治亚州亚特兰大市的一个律师家庭，美国现代著名女作家。26岁的时候，玛格丽特决定创作一部有关南北战争的小说，十年后小说完稿。她将小说的题目定为《随风而去》（汉译名为《飘》）。这部小说奠定了她在美国乃至世界作家的地位。

成长故事

多年前，美国的某个城市组织了一次作家笔会，一位女作家和一位年轻的男作家相邻而坐。女作家普普通通，在那里，一直沉默寡言，很谦虚地听着其他作家的发言。年轻的男作家不认识她，但见衣不出众，貌不惊人，觉得她也就是一位普通的作家而已。所以，男作家在女作家面前显得很傲气。男作家想显示一下自己的成绩，于是问女作家：“请问女士，你是专业作家吗？”

“是的，先生。”女作家很客气地回答。“那么，请问你有什么大作呢？有机会我也学习学习。”“只是写写小说而已，谈不上大作，没有什么值得学习。”

女作家的回答让年轻的男作家更加证实了自己的判断。男作家想，应该让她知道自己是谁。于是他告诉女作家：“我也是写小说的，我们是同行。我已经出版了十几部小说，请问你出版了几部？”

女作家淡淡地回答说：“我只写了一部。”

听到女作家的回答，男作家对女作家更加轻视了，心想，只出版一部小说也能算作家。还被邀请来参加这样的笔会，于是他傲慢而不屑地问女作家：“噢，你只写了一部小说。那能否告诉我这部小说叫什么名字？不知道我是否听说过！”

睿智箴言

不管怎样，明天都是新的一天。（玛格丽特·米切尔）

“《飘》。”女作家平静地说。男作家听了女作家随口而出的书名，顿时目瞪口呆，狂妄劲儿一下子就没了。他坐在那里浑身都不舒服，再也不敢多说什么了。

这位女作家就是玛格丽特·米切尔，她的一生只写了一部小说《飘》，但全世界都知道她的名字。1936年，这位无名作家的“巨著”一经面世，立即打破了美国出版界的多项纪录。1937年获得了普利策奖和美国出版商协会奖。

女孩当自立

某著名电视节目主持人曾这样说：“一个人围着一件事转，最后全世界可能都围着你转；一个人围着全世界转，最后全世界可能都会抛弃你。”是的，一个人一生可做的事情有很多，但世上有许许多多的聪明人，一生却没有做好一件事。很多工作本身并不难做，也不是不会做，但许多人就是做不好，原因何在？就是因为不够专注。

人的一生中可以做成的事情是有限的，只有专注才能让自己变得足够优秀。世上看起来可做的事情有很多，与其把精力分散得到处都是，倒不如把精力集中到一件事上，事事通不如一事精。广泛涉足，难免蜻蜓点水，如果你在一行努力工作十年二十年，那你肯定是这方面的行家。所以古语说：“十鸟在林，不如一鸟在手。”

北宋文学大家欧阳修所描写的卖油翁，将油从钱孔中倒入，而钱不湿，并表示“无他，惟手熟尔”。卖油翁是一个平凡的人，卖油翁又是一个不凡的人，他创造了奇迹。生活中为什么有的人可以创造奇迹，有的人却不能？是否专注于一件事至关重要。

2 只专注黑猩猩的珍·古道尔

人物小传

珍·古道尔（1934—　），出生于英国伦敦，世界著名的生物学家。一生致力于黑猩猩的研究保护工作，2010年，76岁的她被英国媒体冠以“奔走的特雷莎修女”之称，她的事业，是西方世界最伟大的成就之一。

还在孩提时代，妈妈就开始培养珍·古道尔对大自然的热爱和对动物的兴趣。珍·古道尔刚满周岁的时候，动物园产下了一只小猩猩。为了表示庆祝，妈妈给女儿买了一个大的蓬松玩具黑猩猩。从此，这个玩具就成了珍·古道尔最亲爱的朋友，陪伴她度过了整个童年时代，也使她从小就开始痴心于动物，爱读动物故事书，更想长大后能研究和帮助动物。

中学毕业后，珍·古道尔决定从事黑猩猩的研究，实现她小时候的梦想。可是她的家境贫寒，连一辆自行车都买不起。她没钱读大学，于是一边打工攒旅费，一边到博物馆阅读关于黑猩猩以及动物行为学的有关书籍和文献。当她把旅费攒足之后，立刻启程到了非洲的肯尼亚。在那里，她找到了一个和动物打交道的工作。后来，她得到一个生物学家的资助，到坦桑尼亚去观察和研究野生黑猩猩群。这个没有受过任何野外生存训练的姑娘，在妈妈的陪伴下，闯入了观察黑猩猩这个从来没有人尝试、也没有人敢尝试的科学领域。这时，她才26岁。

> **睿智箴言**
>
> 每个人都很重要，每个人都能发挥作用，每个人都能带来改变。（珍·古道尔）

观察黑猩猩是件十分艰苦的事。在那茫茫林海，有的只是寂寞、孤独、险情，整天与动物为伍，同森林做伴，再加上整天奔波，水土不服，又缺医少药，有时，凶狠的公猩猩还来袭击营帐，抢夺食物，还发生了伤害人的事件……但，这所有的困难并没有动摇珍·古道尔想和黑猩猩在一起的决心。

开始时，黑猩猩离她远远的，为了求得黑猩猩的认同，珍·古道尔不顾艰辛，一个人静悄悄地进入林区，静悄悄地等待，静悄悄地观察。她露宿林中，吃黑猩猩吃的果子，有时只能像猩猩那样在树间行动。15个月后，黑猩猩们接受了她，对她出现在自己周围终于习以为常。珍妮甚至坐在黑猩猩身边，仿效黑猩猩的动作和呼叫声，和它们进行沟通，仿佛自己也是一只母猩猩。她惊人的耐心终于获得了黑猩猩群的信赖，为它们所接受，融入了它们的群体之中。

从26岁开始，珍·古道尔在丛林中长期与黑猩猩生活在一起，进行了数十年的野外研究，揭示了许多黑猩猩社群此前不为人知的秘密。到1996年，珍·古道尔在36年间对黑猩猩种群有15项重大发现。她的发现被誉为“西方世界最伟大的科学成就”之一。

女孩当自立

生活中，许多人不能专注于一件事，今天看这事好去做，明天觉得那件事不错，又转到那件事上，结果对哪件事都浅尝辄止，沉不下心来去做，哪件事都没有做好。

专注，意味着心无旁骛，意味着聚焦，意味着持之以恒，意味着“有所不为，才能有所为”。最能衡量专注的是伟大的时间。如果一个女孩能够一天、一个月、一年、十年，甚至一辈子，都专心致志做一件事，那就是专注的典范，这件事想不做好都难。因此，一生做好一件事，只要真正做好了，也就够了。

成长中的女孩，要确定好自己的人生目标，如果认为值得，就专注地做下去，定会有所收获。

3 做到最好的拉蒂尼娜

人物小传

拉里莎·拉蒂尼娜（1934—　），出生于乌克兰第聂伯河畔的赫尔松，从小喜欢体育，长大后成了一个体操运动员，在1956～1964年获得了18枚奥运奖牌，其中包括9枚金牌，在三届奥运会上向世界展示了其出众的技艺。

成长故事

童年时，拉蒂尼娜不幸成了孤儿，困顿的生活激起了她对美好生活的渴望。上小学时，她就梦想成为一名芭蕾舞演员，因此偷偷地苦练芭蕾。但是，一次偶然的机会，这个生性要强、身体灵活的小姑娘却被体操的魅力吸引了。

小学三年级时，有一天，拉蒂尼娜路过学校的体操房，看见高年级学生正在训练，于是她好奇地站在门口往里张望，那些学生在单杠上的训练动作让她看得入了神。体育老师发现门口站着一个小姑娘，于是把她叫进来问道："小姑娘，你在这里干什么？"拉蒂尼娜怯怯地回答："我很喜欢练习那个单杠，能让我到这里来学习吗？"体育老师看了看她："小姑娘，你现在还小，等你升到五年级才可以。"

拉蒂尼娜兴奋地离开体操房，此后，她有了人生目标，她盼着自己快点长大。课余时间，她就偷偷地去体操房看学哥学姐们训练，记住他们的每一个动作，放学后，她就把家附近商店橱窗外的栏杆当做单杠，开始模仿练习，因为没有人保护和指导，好多次从栏杆上掉下来，但她没有放弃。两年后，她刚上五年级，就迫不及待地找到体育老师报名参加训练，这时，她已经掌握了单杠的一套完整动作，水平与高年级同学甚至不相上下了。

进了训练房，拉蒂尼娜如鱼得水，她更加勤奋刻苦训练了。13岁，拉蒂尼娜第一次参加市一级的比赛就勇夺冠军。虽然此后几次高级别的比赛成绩不佳，但她绝不放弃自己的追求，认为自己一定能做到最好。1954年，20岁的她参加了世界体操锦标赛，首次登上团体世界冠军宝座。两年后的奥运会上，22岁的拉蒂尼娜凭借新颖的动作与熟练的技术，一举夺得团体、全能、跳马和自由体操4枚金牌。此后，她又两次参加

睿智箴言

做到最好才是我的目的，只有这样，才有机会赢得胜利。（拉里莎·拉蒂尼娜）

奥运会，并且都取得了举世瞩目的成绩。

要做一件事情，我们就要把事情做到最好，这才是做事的最高境界。做事是立身之本，贤人说：“人的品质，只能在做事中才能体现；人的智慧，只能在做事中才能运用；人的成就，只能在做事中才能取得；人的梦想，只能在做事中才能实现。”所以，把一件事情做好，这才真正反映我们的能力。

微软公司董事长比尔·盖茨有句名言：“聪明的人能把事情做好，精明的人能把事情做得更好，高明的人能把事情做到最好。”要想把事情做到最好，首先要想做事，要有想做事的强烈念头，如果一个人满脑子都在想怎么少做事，甚至不做事，那么想成就一番事业是不可能的；要把事情做到最好，还要肯做事，肯做事就是肯下工夫对待自己追求的事业；要把事情做到最好，还要能做事，能做事就是要有做好事情的能力；要把事情做到最好，还要敢做事，遇到失败和挫折不要害怕，要勇敢地去面对，坚持下去，我们就会发现，很多事情并不像我们想的那么难；要把事情做到最好，还需要我们不断战胜困难，开拓进取，凝神聚力，潜心钻研，大胆创新。

最最重要的是，要把事情做到最好还需要我们专注于这件事。一个人如果能将自己身体与心智的能量锲而不舍地投入到同一个问题上，那么这个问题就很容易得以解决。因为在做事的过程中，我们会全身心地投入其中，不受外界干扰，避免心浮气躁，从而极大地提高做事的效能。一个人的精力是有限的，而专注则是把一件事情做好，避免时间混乱所必需的一种精神状态。把所有精力都集中到一件事情上，可以聚集一个人的最大能量，就像凸透镜可以在阳光下将火柴点燃一样。正如有人所说：“如果我们用三年的时间把全部精力用于一件事上，那么我们就会做出连自己都吃惊的业绩来。”

4 探索奥秘的伊雷娜

人物小传

伊雷娜·约里奥·居里（1897—1956），出生在法国巴黎，本名伊雷娜·居里，著名科学家居里夫人的女儿，也是世界著名的科学家。与其夫约里奥·居里合作，于1932年发现一种穿透性很强的辐射，后确定为中子；1934年发现人工放射性物质，并对裂变现象进行研究。1935年夫妻俩共获诺贝尔化学奖。夫妻俩还于1948年领导建立了法国第一个核反应堆。

有一天，物理学家郎之万给小伊雷娜和她的同学们讲课。郎之万老师给同学们出了一个题目：根据阿基米德定律，物体浸入水中必将排出同体积的水，可是为什么金鱼放到水里不会排出水呢？题目一提出，孩子们的兴趣就来了，他们纷纷根据自己的猜测作了各种各样的回答：有的说因为金鱼的鳞片有特殊的结构；有的说因为金鱼的身体到水里后会收缩；有的说金鱼进到水里把水喝掉了……但这些答复都不能令老师满意。

伊雷娜对这个题目怀疑起来：也许是阿基米德定律只适用于非生物，

睿智箴言

科学家的天职叫我们应当继续奋斗，彻底揭露自然界的奥秘，掌握这些奥秘便能在将来造福人类。（伊雷娜·约里奥·居里）

也许金鱼有什么特别的能耐……可是，她并不满意把这些想法作为答案。从小就跟着妈妈做实验的她决定亲自试一试。于是，她拿来一只量筒，注满了一定量的水，再放进一条小金鱼。然后她注意仔细观察，她惊奇地发现，量筒里的水面升高了。原来，金鱼像别的物体一样，也要排出水；阿基米德定律不仅适用于无机物，也适用于生物。她发现了这个秘密后，觉得可能是郎之万老师弄错了。其实，是郎之万老师故意搞错的。通过这次实验，伊雷娜得出一个道理：永远不要对权威所说的一切都盲目相信。自己动手去探索，就能够有所发现。

伊雷娜不盲目地跟从老师，正是因为她掌握了这种科学的思维方法和具备了敢于怀疑的精神，长大后的她不断探索科学的秘密，和丈夫一起发现了人工放射性元素，并因此荣获诺贝尔奖。

女孩当自立

宇宙的奥秘、地理的奥秘、生命的奥秘、动植物的奥秘、自然奇观的奥秘……在我们的身边，奥秘无限，这许许多多的奥秘，都让我们惊奇、痴迷。涉过时间的长河，回头细看人类文明，无一不是人类主动探索的产物。没有探索就没有今天的一切。没有一种探索精神，我们想取得一些成绩则无从谈起。

虽然在科学发展的今天，一个个奥秘被解开了，但还有无数的奥秘等待我们去探索，勇于探索大自然奥秘有着重要的意义，它可以培养我们勇于探寻真理，敢于独立思考，热爱大自然，勇于探索自然和社会奥秘的情感，为我们将来进行科学研究活动打下良好的基础。探索需要超人的勇气和信心，它是成功的保证。所以，成长中的我们，要学会动手做实验，对疑难问题探究到底，平时要多看有关自然科学方面的书籍，拓宽自己的知识面，学会走进大自然，用我们的眼睛观察世界，就会发现大自然有许多奥秘，我们需要这种探索的精神，因为只有我们拥有了这种探索的精神，在今后的人生旅途中才能够有所创新，有所成就！

探索就会有收获，因为探索的过程中可以收获宝贵的经验，这也是取得成果的必要储备。即使我们的探索失败了，那我们也收获了失败的原因，知道了这条路行不通，我们也得到了更多的经验，所以，让我们勇敢地播下探索的种子吧！即使不能收获丰硕的果实，但是，探索的花儿开过的地方，空气里一定弥漫着花儿的芬芳。

所以，不要说探索什么奥秘是男孩的事，女孩也要勇于探索、勇于追求科学真理，从小就要学好知识，长大后探索科学的奥秘。勤于动手动脑，亲自实践；认真观察，积极思考；大胆想象，实践创新。培养我们学科学、用科学，勇于探索科学的兴趣。

5 执着的麦克林托克

人物小传

芭芭拉·麦克林托克（1902—1992），出生于美国康涅狄格州首府哈特福德市，20世纪最负盛名的女性遗传学家，她把一生都奉献给了遗传学和生命科学的研究。1983年获得诺贝尔生理学和医学奖。

芭芭拉·麦克林托克从小就不像其他小姑娘那样爱美、爱打扮，她喜欢大自然的花花草草，经常提一些让父母都无法回答的问题。父母怎么也没有想到，这个爱提些怪问题的小姑娘，后来竟成为世界著名的遗传学家。

麦克林托克出生的时候，正值世界遗传学刚刚兴起，但是，遗传学也是当时生物学中最抽象的领域，很少有人愿意研究它。

1919年，因为对植物的研究产生了兴趣，17岁的麦克林托克执意进入康奈尔大学农学院就读，父母只好答应她的请求。毕业后，她就留在学校工作。在学校，麦克林托克对玉米情有独钟，她常常穿着缝有许多小布口袋的工作服，冒着酷暑，穿梭于玉米田里，细心地观察着幼苗、籽粒上的斑斑点点，并在显微境下检查其染色体的行为。很多人不理解她，对她冷嘲热讽，说她一个女孩子天天钻玉米地，认为她精神有问题，更有一些人认为她做的是无用功。可麦克林托克不管这些流言蜚语，她一直执着于自己的兴趣。经过30年的坚持、执着与坚守，玉米给了她很好的回报，向她倾诉了许多有关染色体以及基因的奥秘。使得她提出了可移动的遗传基因的学说。这一学说把玉米遗传学的研究推向了一个新的高峰，极大地丰富和发展了细胞遗传学，并提出了大大超越时代的理论。

睿智箴言

多少年来，我在对于玉米遗传的研究中已获得很多的欢乐。我不过是请求玉米帮助我解决一些特殊的问题，并倾听了它那奇妙的回答。（芭芭拉·麦克林托克）

可是，在她公布研究成果之后，等待她的并不是掌声，而是那不绝于耳的对她的冷嘲热讽。有人说她的成果是天方夜谭，有人说她的成果是异端思想，身处这样的境地，她决定从此不再发表论文！但她心里知道，历史是公平的，历史会证明一切，她的研究成果一定会得到世人的关注的。

果然，在麦克林托克的研究成果公布30多年后，科学界才认识到麦克林托克的研究成果的重要性，1983年，81岁高龄的麦克林托克由于发现了可移动的遗传物质获得了诺贝尔生理学和医学奖。

有一种坚持叫执着，坚持我们的理想，执着我们的梦园；坚持我们的选择，执着我们的追求。多一些坚持，多一些执着，把困难看淡，微笑去面对。坚持与执着是形影不离的“好朋友”，也是我们前进的动力，只要敞开我们的心胸，勇敢地面对困难，坚持不懈，就能取得自己的劳动成果，只有执着才能把事情做得尽善尽美。

每个人都想功成名就，可理想之门是由我们自己开启的，并非空想就可以打来。做任何事情，要想把它做好，我们都需要坚持，而坚持需要的是一颗执着、坚守的心。执着，就是坚持不懈。要想成就人生，首先要确立目标，然后一步步实现，在这个过程中也许会遇到困难，受到挫折，但是，我们不能畏惧，不能妥协，不能屈服，也不能停滞不前，要凭着自己顽强的毅力坚持下去。要怀有一颗执着的心，因为执着是一个锻炼的过程，它磨炼了我们的意志，它能使我们事半功倍。

6 笔不辍耕的张爱玲

人物小传

张爱玲（1920—1995），中国现代著名的女作家，本名张煐，出生在上海一个显赫的官宦家庭。一生创作了大量文学作品，类型包括小说、散文、电影剧本以及文学论著，代表作有《金锁记》、《倾城之恋》、《半生缘》、《红玫瑰与白玫瑰》等。

张爱玲从小就显示出非凡的写作天赋。三四岁时，母亲教她吟诵诗词，一首诗词念不了几遍她就能背诵下来。她对古典诗词很有悟性，六七岁时，再读完一首小诗，就能仿作一首。8岁左右就能信手涂鸦地写小说了，母亲看她这样聪慧，心里很是高兴。

10岁的时候，母亲觉得小爱玲长大后能成为一个作家，就想把她送进学校去学习，可是，父亲却思想守旧不同意，因为那时候许多女孩子都不上学读书，最后还是在母亲的一再坚持下，她才得以走进学校读书。因为在家她已经跟母亲学习了很多知识，所以直接进入小学六年级就读。

上中学时，张爱玲的文才已充分显露出来了。她经常在校刊上发表小说、书评和论文。其中有一篇《霸王别姬》写得悲壮豪迈、慷慨激昂、文辞灿烂，令同学、老师叹赏不已。这更加激励了她写作的热情，于是，她笔不辍耕地投身到写作中。

13岁的时候，她开始动笔写长篇小说，她在小说《摩登红楼梦》中，让《红楼梦》中的人物穿上现代人的衣服，说现代人的话，做现代人的事，乘人力车，逛上海滩，在霓虹灯下谈情说爱。受到当时一些作家的好评。

睿智箴言

要做的事总找得出时间和机会，不要做的事总找得出借口。（张爱玲）

1943年，23岁的张爱玲以中篇小说《沉香炉》在上海文坛横空出世。她的小说集《传奇》、散文集《流言》，是上海40年代畅销书，一时为之洛阳纸贵。

女孩当自立

天赋是指上天赋予我们的才能，这种才能是与生俱来的，是未经后天学习的，还是与众不同的，每个人都有自己的天赋。有的人逻辑思维占优势，有的人形象思维占优势；有的人博闻强记，但不善于融会贯通；有的人虽然记忆力差，但能记住最重要的信息，并且精于思考；有的人智力过人，但意志薄弱，志趣低下；有的人智力平平，但意志顽强，目标远大，百折不挠。任何一个正常的人，总有这样或那样的优势或潜在的优势。即使智商很低的人也有自己的天赋。找到自己的天赋所在，并将其充分发挥，这是人生关键之所在。

台湾著名画家朱德庸先生对于“天赋”有一段非常精彩的见解，他说：“我相信，人和动物是一样的，每个人都有自己的天赋，比如狼有锋利的牙齿，兔子有高超的奔跑、弹跳力，所以它们能在大自然中生存下来。人也是一样，不过是很多人在成长过程中把自己的天赋忘了……”

造物主在创造每个人的时候，都赋予了他们独特的天赋，是其他任何物种都不能取代的。所以，善于发挥自己的天赋，善待自己的天赋，把自己放在适当的位置，胜利才属于我们！运用天赋而发挥出来的创造力就是天赋的潜能，也是天才的力量。找出自己的天赋，发挥自己的天赋潜能，你就是天才！

当然，有天赋更要努力，更要勤奋，努力和勤奋比天赋重要百倍。天赋极佳后期不努力导致失败的例子比比皆是，古代时江淹的“江郎才尽”，王安石的《伤仲永》中记叙的方仲永的“泯然众人矣”……“所谓天才，是百分之一的聪明加百分之九十九的勤奋！”所以，成长中的女孩们，有没有天赋并不能决定我们的人生，重要的是我们要更加勤奋和努力。

7 偷偷写作的简·奥斯汀

人物小传

简·奥斯汀（1775—1816），出生于英国乡村一个小镇的牧师家庭，著名的小说家。她20岁左右开始写作，共发表了6部长篇小说。《理智和感伤》是她的处女作，随后又接连发表了《傲慢与偏见》、《曼斯菲尔德花园》和《爱玛》。《诺桑觉寺》和《劝导》是在她去世后第二年发表的，并署上了真实名字。

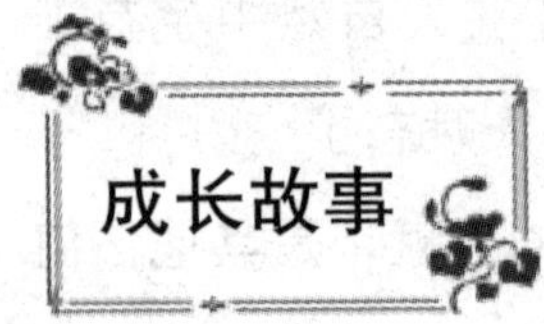

奥斯汀没有上过正规学校，小时候，在父母的指导下阅读了大量父亲收藏的古典文学书籍和流行小说，并喜欢上了写作。于是，梦想着自己有朝一

日也能成为一名让人敬仰的作家。为此，十二三岁时她就开始练习各种文体的写作。14岁时，她写成了一篇叫《爱情和友谊》的小说。可是，在当时的社会条件下，女子唯一的工作就是操持家务，没有人从事写作这个职业，甚至女子从事写作还让人瞧不起。所以，家人也都反对她从事写作。

睿智箴言

心灵的柔软是最大的魅力。（简·奥斯汀）

可奥斯汀实在太希望自己能够从事写作了，怎样办呢？为了不让家人知道她在写作，操持家务之余，她便偷偷地写。她把自己房间的门和自己用的桌子都重新设计，使门变成有“声响之门”，只要有人来，门就能发出响声，奥斯汀便悄悄地收起她正在写作的纸和笔。写作用的那张桌子有一部分桌面是可以翻动的，遇有人来，只要把活动的那块桌面一翻，纸和笔就进了桌内，桌面再翻回来天衣无缝，上面空空。特殊的桌子与“声响之门”默契配合，为奥斯汀“偷偷地写作”服务。

在这样艰难的情况下，奥斯汀共写了6部长篇小说。1811年，在她36岁的时候，经过多方的努力，她的第一部小说《理智和感伤》得以出版，但没敢署她的真实名字。作品出版后受到文学界和读者的好评，在接下来的三年里又连续发表了《傲慢与偏见》、《曼斯菲尔德花园》和《爱玛》。但都没有署她的名字。由于过度劳累，奥斯汀染上了结核病，41岁时便病逝了。在她死后，她的哥哥把她写作完但没来得及出版的《诺桑觉寺》和《劝导》两部作品出版，直到这时，才敢署上奥斯汀的真实姓名。

为成一名作家，简·奥斯汀不能公开地写作，但是她不懈地坚持着，终于成就了她伟大的作家梦。每个人都有自己的梦想，可是，我们在寻梦

的过程中是否坚持下去了？是否坚持到底了呢？要成就自己的梦想，就要不畏艰辛不畏挑战，就要一往无前地走下去。梦想不抛弃苦心追求的人，只要不停止追求，我们会沐浴在梦想的光辉之中。所以，不要轻言放弃，让我们用坚持成就自己的梦想。

当然，要想成就伟业，除了梦想，还必须行动起来，必须奋斗。明确长远的目标、付出自己的实际行动、执着自信和坚持，都是奋斗所必不可少的条件。人与人之间最小的差距是智商，最大的差距是坚持。人的一生一定要有奋斗的历程，只有奋斗才能迎来自己光明的前程。我们可以不伟大，但不能不去追求、不去奋斗；我们可以选择做个普普通通的人，但不能成为一个虚度光阴、不去努力的人。

8 心无旁骛地学习的居里夫人

人物小传

玛丽·居里（1867—1934），原名玛丽亚·斯克沃多夫斯卡，出生于波兰，是波兰裔法国籍女物理学家、放射化学家，世界著名科学家，结婚后随丈夫的姓，所以称居里夫人。她发现了镭和钋两种天然放射性元素，她被人称为“镭的母亲”，一生两度获诺贝尔奖。玛丽·居里是第一个荣获诺贝尔科学奖的女性科学家，也是第一位两次荣获诺贝尔科学奖的伟大科学家。

小姑娘是家中五个孩子中最小的。父母亲都是普通的中学教师，童年的时候，妈妈就得了很严重的病，是姐姐照顾她长大的。不幸的是，妈妈和大姐在她不到10岁时就相继病逝了。

从此，小姑娘的生活中充满了艰难。但艰难的生活也培养了她独立生活的能力，更使她从小就磨炼出了非常坚强的性格。上学后，小姑娘学习非常勤奋刻苦，对学习更有着强烈的兴趣和特殊的爱好。只要学习起来就会专心致志，不管周围怎么吵闹，都无法分散她的注意力。

一次，小姑娘做功课时，她的姐姐和几个同学在她面前又是唱又是跳，还大声地做着游戏，而专注于功课的她却对这些充耳不闻，视而不见，她专心致志认真学习。姐姐和同学们嬉笑着要试探一下她，看她的精力是否完全放到了学习上，于是她们悄悄地在小姑娘身后搭起几张凳子，这样只要小姑娘稍微一动，凳子就会倒下来。大家一直留心观察着，时间一分一秒地过去了，小姑娘毫无察觉地学习着，一个多小时过去了，她仍丝毫未动，凳子依旧安然地竖在那儿。这令她的姐姐和同学们佩服不已，

> **睿智箴言**
>
> 我们必须有恒心，尤其要有自信心！我们必须相信我们的天赋是用来做某种事情的，无论代价多么大，这种事情必须做到。（玛丽·居里）

从此，她们再也不逗她了，而且都以小姑娘为榜样，开始像她一样专心读书了。

小姑娘一直坚持着这种专注的学习态度，15岁时，就以获得金质奖章的优异成绩从中学毕业。可是她的家庭不允许她继续上学读书，于是小姑娘一边做家庭教师，一边自学文化课程，24岁时，她终于来到巴黎大学理学院学习。凭着刻苦学习的劲头，小姑娘先后以优异成绩获得了物理学学士和数学学士学位。长大后更将自己的全部精力都放在了科学研究上，她以顽强的毅力始终专心于对放射性元素的研究，最终成为一个一生曾两度获得诺贝尔奖的伟大科学家。她就是居里夫人。

有这样一个小故事：爸爸和孩子一起看《动物世界》，只见一只豹子扑入羚羊群中，盯住一只未成年羚羊便穷追不舍，追逐的过程中豹子掠过其他羚羊身边也毫不停留，只盯着最初的那只羚羊猛追。孩子觉得很奇怪，就问爸爸："为什么那只豹子不追赶它身边的那些羚羊呢？"爸爸解释说："你看，豹子和被追的那只羚羊都很疲惫了，而其他羚羊则相对较轻松，如果豹子中途转换目标去追别的羚羊，别的羚羊轻松就能甩掉它，所以它心无旁骛，一直盯着最初的那只小羚羊，最终把那只小羚羊抓住。"

学习时也是一样，要心无旁骛，简单点说，就是要集中精力。这句话说来很简单，但做起来却很难。所以，先贤们讲述了弈秋的故事来告诉人们，学习不可三心二意：弈秋棋术高明，很多年轻人想拜他为师。弈秋只收下了两个学生：一个学生诚心学艺，听先生讲课从不敢怠慢，十分专心。另一个学生大概只图弈秋的名气，虽拜在门下，却不用功学习。弈秋讲棋时，他心不在焉，探头探脑，心里想着鸿鹄什么时候才能飞来，飞来了好张弓搭箭去射它们。两个学生同拜一个老师，同在一处学棋，而学习效果却大不相同。

集中精力意味着把我们所有的注意力都集中在一个问题上，完全钻到里面去。科学研究表明，专注可以调动整个大脑的神经系统，这样更能提高做事情的效率，达到事半功倍的效果。

9 率直真诚的邓肯

人物小传

伊莎多拉·邓肯（1878—1927），出生于美国加利福尼亚州旧金山市一个平民之家，美国著名的舞蹈家，是世界上第一位披头赤脚在舞台上表演的艺术家。她成为美国现代舞蹈的奠基人，并以自己创办的舞蹈学校，传播推广了她的舞蹈思想和舞蹈动作，影响了世界舞蹈的发展进程。著有《邓肯自传》和《论舞蹈艺术》等。

邓肯从小生活在一个贫困的家庭中，全家人仅靠母亲教授音乐的微薄收入维持生计。在母亲为生活奔波而无暇顾及孩子们的时候，小邓肯却获得了“自由”的成长。大自然的声音和母亲的音乐给了她艺术的熏陶。培养了她热爱自由的天性和对生活火一样的热情。5岁的时候，妈妈没有时间照顾

睿智箴言

最自由的身体蕴藏着最高的智慧。（伊莎多拉·邓肯）

她，虚报了她的年龄，把她送进了一所公立学校。学校为庆祝圣诞节举行联欢会，老师为孩子们分发糖果和蛋糕，并宣称这是圣诞老人给孩子们的。其他孩子都欢呼起来，可是小邓肯却出人意料地站起来，认真地对老师说："根本就没有什么圣诞老人！"孩子们都非常吃惊，老师也很意外，生气地说："糖果只发给相信圣诞老人的孩子！"小邓肯大声说："那我不要您的糖果！"老师大发脾气，命令她走到前面去，坐到地板上。她昂着头走到前面，转过身对着全班同学大声演讲："我不相信撒谎，我妈妈告诉我，她太穷，当不了圣诞老人。只有那些有钱的妈妈才能装扮成圣诞老人送礼物！"

老师很生气，罚她面对墙站立，她虽然面对墙站着，仍不停地回头大嚷："就是没有圣诞老人！就是没有圣诞老人！"放学后，妈妈接她回家，她把在学校发生的事情都告诉了妈妈。妈妈肯定地说："没有圣诞老人，也没有上帝，只有自己才能帮助自己。"

正是邓肯拥有这种坚持真理，充满自信的精神，她才创造出那种表现人类同生活搏斗的舞蹈艺术。她从6岁开始教邻居的孩子们舞蹈。有一天，妈妈下班回家，发现小邓肯领着孩子们又唱又跳，而且组织得十分出色，就热情地赞扬女儿有出息，给了邓肯极大的鼓舞。后来，她毕生为舞蹈艺术奋斗，给后人留下了一笔巨大的艺术财富。

邓肯一生坎坷不平，但她有着直率真诚的性格、坚强的意志，不顾人们对她艺术的不理解，努力拼搏，终于成为一代著名舞蹈艺术家。她以自己的艺术实践在全世界塑造了不朽的纪念碑。

坦率的人，处世坦荡，光明磊落；为人率直，直截了当。坦率的人，具有纯正高尚的心地，拥有直爽了然的行为。争做坦荡荡的君子，唾弃长戚戚的小人，这是每一个拥有正义和良知的人义无反顾的选择。

成长中的每一个女孩都应该学习邓肯，做一个直率真诚的人。比如，与人交往时要诚实，靠谎言、卖虚假信息得到的友情是不会长久的。做人要守信，没有信誉是不会有真正的朋友的。做人要厚道，遇事多为别人着想，害人之心更不能有。坦率对人，能增加友谊，促进合作，加强沟通，获得理解和友谊。中国历史上的名臣魏徵因为坦率直爽，直言不讳地向皇帝进谏，得到了唐太宗李世民："魏徵如一面镜子，可以知得失"的评价。所以，敞开我们的心扉，真实无欺地展示我们内心的想法，无论遇到什么样的艰难险阻，都不放弃，毫不动摇。

当然，生活不是一帆风顺的，日本著名企业家，被称为"经营之神"的松下幸之助说："人的一生，总是难免有浮沉。不会永远如旭日东升，也不会永远痛苦潦倒。反复地一浮一沉，对于一个人来说，正是磨炼。因此，浮在上面的，不必骄傲；沉在底下的，更用不着悲观。必须以率直、谦虚的态度，乐观进取、向前迈进。”所以，生活中不管遇到了什么困难都要看得开，不要钻牛角尖，而是以积极的态度去探寻其他道路。

七、女孩自立，胸怀家国留美名

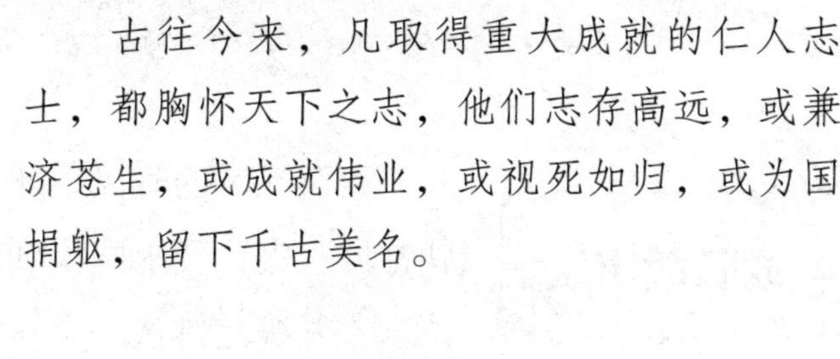

古往今来，凡取得重大成就的仁人志士，都胸怀天下之志，他们志存高远，或兼济苍生，或成就伟业，或视死如归，或为国捐躯，留下千古美名。

1 王昭君舍身出塞

人物小传

王昭君（约公元前52年—？），出生于西汉南郡秭归县宝坪村（今湖北省宜昌兴山县昭君村）的普通农家，名嫱，字昭君，中国古代“四大美女”之一，汉元帝时期宫女。王昭君天生丽质，聪慧异常，擅弹琵琶，琴棋书画，无所不精。后主动出嫁塞外，成为匈奴呼韩邪单于阏氏（王妻）。

西汉元帝的时候，北方匈奴呼韩邪单于来到汉朝都城长安，要求同汉朝和亲。汉元帝同意了他的请求，并决定挑选一个宫女当公主嫁给呼韩邪，于是安排一个大臣去办这件事。

后宫里有很多从民间选来的宫女，整天被关在皇宫里，很想到宫外去，但谁也不愿意远嫁到匈奴。有个叫王昭君的宫女，十七岁被选入宫中。那时候，皇帝是按画工的画像选宫女的，深居后宫的宫女们，为了能被皇上幸召，总想把自己画得美点儿。所以，她们不惜重金贿赂画工。王昭君初入宫廷，不懂这些规矩，所以没有备下这笔贿金；她自恃美貌，不愁皇上不召见自己。画工给王昭君画像时，曾想让她拿点贿金，可王昭君没理会这套，不但没买画工的账，还讽刺了他几句，画工就没给她好好画。所以，王昭君也就没有得到皇帝的召见。这次，她听说是为了匈奴和汉朝和亲，使两国不再发生战争，为两国带来和平，她决心远嫁匈奴。

睿智箴言

为了不使汉匈两族复兴战事，以小我之苦换苍生之乐。（王昭君）

大臣见她长得十分漂亮，又很有见识，琴、棋、书、画样样精通，于是急忙上报元帝。元帝吩咐大臣选择吉日，让呼韩邪单于和王昭君在长安成亲。单于得到了这样年轻貌美的妻子，既高兴又激动，临回匈奴前，和王昭君一起向汉元帝告别。此时汉元帝看到王昭君端庄美丽，很想将她留下，但已经晚了。

王昭君在汉朝和匈奴官员的护送下，离开了长安。她冒着塞外刺骨的寒风，翻山越岭，千里迢迢地来到匈奴地域，做了呼韩邪单于的妻子。她嫁到匈奴后，被封为“宁胡阏氏”（阏氏，音焉支，意思是“王后”），象征她将给匈奴带来和平、安宁和兴旺。

王昭君慢慢地习惯了匈奴的生活，和匈奴人相处得很好。尽管远离了家乡，但是她无怨无悔，她一面劝单于不要打仗，和汉朝通好，一面把中原的文化传给匈奴，加强了汉朝和匈奴的文化往来。后来呼韩邪单于在西汉的支持下控制了匈奴全境，使匈奴和汉朝和睦相处了六十多年。

作为一个人来到这个世界上，为什么有的人功业千秋，永垂不朽；为什么有的人悄悄而去，却没有给后人，给社会留下一点有价值的东西？那么，怎样的人生才是有价值的呢？人生的价值到底何在呢？人生在世，面对生命的价值，众说纷纭。人活在世上，谁不希望自己的一生过得有意义、有价值呢？那么，人生的价值又是什么呢？是大公无私，是为他人着想，是为集体着想，是为国家着想……人生的价值，不在于他获得了什么，而在于他给予了别人什么，创造了什么，给后人留下了什么。大科学家爱因斯坦说："一个人的价值，应当看他贡献什么，而不应当看他取得什么。"人活着应该创造价值，应该活得有希望，不能懒洋洋地耗费时光，不能混日子打发时光。人生的路程并不是很长，应该刻录几处亮丽的风景，让自己的人生有几个闪光之处。生命的价值，正是在跑好自己承担的这一里程中体现出来的。人的生命虽然有限，但人所创造的价值，却可以与世长存。

我们的人生价值是什么？相信每个人都有自己的答案。不管我们是平凡人，还是功成名就之人，每个人都能在有限的生命中，展现无限的自己，别人记住的，不一定是我们的头衔或标志，却一定不会忘记我们曾经所创造的辉煌。有一个智者说："有生必有死，把握当下，造福社会，才能凸显生命的价值与意义。"

正如昭君一样，我们虽无法掌控生命的长短，却能选择人生的价值。作为一名女孩，也应该有男孩的志向，尽自己的所能为别人，为社会，为国家做出自己应有的贡献，那么，我们的人生才会无限精彩。

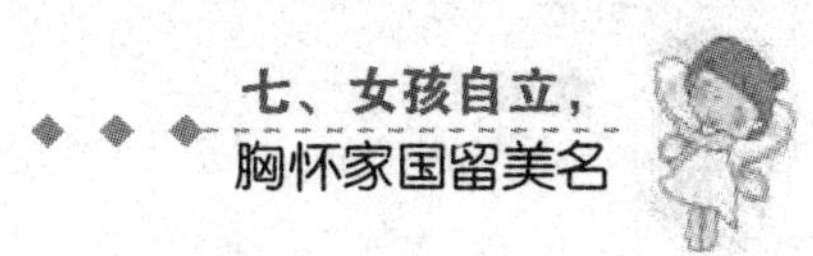

2 梁红玉击鼓退敌

人物小传

梁红玉（1102—1135），出生于江苏淮安，祖父与父亲都是武将出身，宋朝著名抗金女英雄，抗金名将韩世忠的夫人。梁红玉自幼随父兄练就了一身功夫，曾在一次平定叛乱中立功，被朝廷封为“安国夫人”和“杨国夫人”。后随夫出征，转战各地，多次击败金军，名震天下。后因遇伏击遭到金军围攻，伤重力竭而死。

成长故事

南宋初年，梁红玉跟随丈夫，抗金名将韩世忠奉命镇守京口一带，抗击金军。别看梁红玉是个女子，可她遇事沉着果断，有胆有识，一直在军中为韩世忠出谋划策。

当时，韩世忠只有八千疲惫之兵，前来侵犯的金兀术的大军则十万人，战舰无数，两军在黄天荡形成对峙局面。如果韩世忠硬战，无疑以卵击石。在金山上观察了敌情和地形后，梁红玉建议韩世忠率领小部分宋兵以舰引诱金兵深入芦苇荡，再命大队宋兵埋伏在芦苇荡里，并以击鼓为命，以灯为引，用火箭焚烧敌船，定能打他个措手不及，可获全胜。

韩世忠觉得此计很好，于是决定亲自去诱敌，梁红玉决定由她在山顶上给丈夫击鼓助威！用灯引导战舰。两人定下计策，由梁红玉坐阵统一指挥。

睿智箴言

艰难困苦的时刻是我报效国家的时候。（梁红玉）

兵力刚刚布置完毕，金兀术的金兵就到了。500多艘战船，黑压压一片，耀武扬威，横冲直撞，向金山方向驶来。梁红玉站在金山顶上观察敌情，适时击鼓指挥。

一通战鼓，韩世忠带领少量水军，驶出芦苇荡去迎战金军。二通战鼓，韩世忠佯装失利，且战且退，转眼间隐进了茫茫芦苇荡。金兀术以为宋军贪生怕死，不堪一击，紧紧追赶，梁红玉在山顶上看到金兵都进入了埋伏圈，擂响了第三通战鼓。随着震天动地的鼓声，埋伏在芦苇荡里的宋军战船，脱掉伪装，飞向敌军。在战鼓声的激励下，宋军以一当十，用火炮、火箭、弓箭猛攻金兵。江面上烟雾腾腾，火光冲天。金兵大多不通水性，死伤过半，溃不成军，急忙回撤到一个叫黄天荡的地方。

战斗持续到晚上，梁红玉又用灯光指挥宋军乘胜追击，把金兵打得落花流水，被包围在黄天荡里进退无路。这一围就是48天。金军主将金兀术急于逃跑，甚至在阵前哀求韩世忠，愿以掠得的全部财宝买条道路。韩世忠义正辞严地拒绝。无奈之下，金兀术派士兵挖通一条河道，才带着残兵败将逃跑。这一仗，韩世忠和梁红玉以八千水军，打得十万金兵丢盔弃甲。梁红玉从此威名远扬。

勇敢是一种斗争精神，面对邪恶、困难、强敌，一个勇敢者能够毫不畏惧地去斗争，去拼搏，不惧困难，不怕危险，一往无前地去夺取胜利；勇敢是一种创造精神，面对未来、面对希望，勇敢者能够毫不退避地去创造，去开拓；勇敢是一种坚定信念，勇敢者能够持之以恒地去磨炼，去超

越；勇敢是一种顽强斗志，勇敢者能够不畏失败地去挑战，去追求；勇敢是面对危险和困难时表现出来的一种无所畏惧的行为品质，即在危险和困难面前表现出来的胆气；勇敢就是毫不畏惧，勇敢就是敢于接受不可知之命运，迎接不可避免之挑战；勇敢是一种品质，不怕天不畏地，不怕权不惧势。

在战场上冲锋陷阵奋不顾身的战士是勇敢者；在事业中开拓进取与困难作不懈斗争的人是勇敢者；在成长中与阻碍自己进步的观念欲望作坚决斗争的人是勇敢者。下定决心，马上改变，主动勇敢积极，昂首挺胸，立刻行动，只要是对成长有帮助的事，就毫不犹豫地去做。

勇敢是一种斗争精神，面对强大的对手，一个勇敢者必须毫不畏惧地去斗争，去拼搏。成长中的女孩们，要培养昂扬斗志、勇敢顽强、敢打敢拼，敢为人先的拼搏精神，这样在遇到强大的对手时才有可能夺取胜利。

勇敢并不是男孩的专利，女孩也应该在关键时刻表现得勇敢无畏。当然，勇敢不是鲁莽，勇敢和鲁莽乍看相似，但本质却不同。为了完成有益的事，不怕困难和危险，是勇敢。为表现自己，不顾后果地去做无益的事，是鲁莽。勇敢需要智慧，充满智慧的勇敢才能让我们取得更大的胜利。

3 贞德保家卫国

人物小传

贞德（1412—1431），出生于法国栋雷米一个农村家庭，法国民族英雄、军事家，被称为“奥尔良的少女”和“圣女贞德”。英法百年战争时，她带领法国军队对抗英军的入侵，支持法王查理七世加冕，为法国胜利做出了巨大贡献。

公元1428年，英国人占领了法国大片土地，法国的处境越来越不利，人民生活在水深火热之中。

在法国北部，有个叫贞德的牧羊少女，贫困、艰苦的生活磨炼了她勇敢坚强、不怕困难、敢于斗争的性格。16岁的她深为国家的前途和百姓苦难担忧，于是，她三次求见王太子，陈述救国大计，要求带兵收复被占领土。当时，法国军队士气低落，在战场接连失败，查理王太子实在没有别的办法，同意把一部分军队交给贞德来带领。

1429年4月，贞德全身甲胄，腰悬宝剑，捧着一面大旗，上面绣着“耶稣马利亚”字样，跨上战马，率领4000人的队伍，向被英军包围半年多的奥尔良进发。

奥尔良是法国的战略要地，那里的守军眼看就要坚持不住了。贞德选择了英军最薄弱之处发动猛烈进攻，英军难以抵挡，四散逃窜。贞德骑着一匹白马，率领大军进入了奥尔良，全城军民燃着火炬，敲锣打鼓欢迎这位女英雄。首战告捷，贞德带领的法军士气大振，而后，他们迅速攻克了奥尔良附近的几个要塞，英军听到贞德的名字就望风而逃，奥尔良之围被解。百姓们歌颂贞德的战功，称她为“奥尔良姑娘”。

睿智箴言

我不惧怕……我生来就是为完成这任务。（贞德）

奥尔良战役的胜利，扭转了法国在整个战争中的危难局面。接着，贞德又率军收复了许多领土。贞德已经变成了“天使”，人们到处歌颂她，称她是“圣女”。国王也赐给她大量财宝和“贵族”称号，但她都拒绝了，她愿意带领军队继续为解放法国而战斗。

但是，贵族们却害怕这位“平民丫头”影响力的扩大，他们蓄意谋害贞德。在一次战争中，贞德率领部队回撤时，那些贵族封建主把她关在城外，不让她进城，并设法扣留了她。最后竟以4万法郎将她卖给了英国人。在英国人面前，贞德宁死不屈，她说：“为了法兰西，我视死如归！”受英国人支配的宗教裁判所以异端和女巫罪判处贞德火刑。1431年5月29日上午，贞德备受酷刑之后在里昂城下被活活烧死。死时，她还不满20岁。

女孩当自立

有一个面包大师，为他的徒弟出了这样一道考题：怎样才能做出世界上最有饱感的、最有趣的和最幸福的面包？他让徒弟们用一天的时间考虑答案，可徒弟们对这个问题都感到困惑，一整天也没有想出答案来。他们去找大师，寻问答案是什么？大师的回答是：“只有心里装着面包，才会做出香甜的味道；一切东西都是有生命的，怀着感恩的心去做事，真诚待人，才能做出香甜可口的面包；如果心中装满仇恨，那么做出的面包外表再华丽、内容再丰富，吃上去就会感觉冷冰冰的。”徒弟们听了，无不对大师五体投地，佩服至极。事实上，大师对这三种面包给出的最好诠释是：有为别人着想的心，能够享受自我乐趣，在人生中必须自己解开，自我醒悟。大师从小面包里渗透了人生的大道理。

是的，人的一生，究竟应该追求什么？这个问题是没有标准答案的，一千个人可能会有一千个不同的回答。人各有志，追求各不相同。有的人一生轰轰烈烈，有的人一生忙忙碌碌，有的人一生风风光光，有的人一生平淡无奇。但纵观人的一生，无论是风光也好平淡也罢，每个人一生总有他的追求，只不过一种是出人头地，一种是平淡而已。但是，无论如何，人活着必须要有追求，如果没有追求，没有理想，没有目标，人就会迷失自己，会活得很空虚迷茫，不知道自己为了什么而活。

人活着，想要的东西无非物质和精神两个方面，有物质追求，生活的质量才有保障，但不可以为物质所迷惑，物质的背后更应该是对精神的执着。人生天地间，与动物和草木的根本区别是：人是有思想，有感情，有精神追求的。哲人说：“对精神的追求，是追求神圣；对物质的追求，是追求平凡。”有精神追求，人生才能达到更高的境界。

4 冯婉贞勇抗外敌

人物小传

冯婉贞（清咸丰年间人），出生于北京谢庄。1860年（咸丰十年）英法侵略军占领北京以后，四处掳掠，19岁的冯婉贞与父亲冯三保一起，带领民团打败英法军队，保护了谢庄百姓的生命和财产安全。她的故事在民间得到广泛的流传。

清朝的时候，英法联军占领了北京，他们到处杀人放火，抢掠财物。由于清政府无能，百姓们深受其害。离北京圆明园十里远的地方，有一个谢庄。庄上的不少人都练习武艺，并成立了保家护院的民团，民团的首领叫冯三保，他的女儿冯婉贞当年19岁，跟着父亲练得一身好武艺，骑马射箭，舞刀弄枪，样样精通。冯三保带领村民修筑石寨、土堡，防备敌人来抢。

一天中午，派出的探子来报，说侵略军的马队来了。冯三保立即指挥团民们进入事先修筑好的石寨、土堡中。侵略军逼近石寨和土堡，冯三保挥动旗帜，指挥大家开火，民团们的枪一齐发射，顿时枪声大作，侵略军纷纷落下马来。受到突然打击，侵略军急忙发起进攻，但又被打死一些，见占不到便宜，他们急忙败退而走。

侵略军撤退后，冯婉贞对父亲说："他们决不会甘心失败，肯定还会调集更多的兵力来报复。敌人有洋枪洋炮，咱们的火器不行，应当利用我们的大刀长矛的优势，冲到敌人跟前去拼杀，让洋人的枪炮发挥不了作用。"冯三保觉得女儿说得在理，可担心人少拼不过。冯婉贞自告奋勇去招集人马。她把全村精通武术的青年召集在一起，对他们说："大家平时练习武艺，到了派上用场的时候了，我们与其坐以待毙，不如一起来拯救我们的村子，大家听我指挥就行。"

第二天早上，冯婉贞率领青年们拿着雪亮的大刀和长矛，在村外的一片树林里埋伏起来。果然，下午时分，600多名侵略军抬着大炮来了。当侵略军经过树林时，冯婉贞拔出大刀，奋勇当先，率领青年们向侵略军冲去。一顿刀砍矛刺，侵略军死伤一片。

睿智箴言

与其坐而待亡，孰若起而拯之。（冯婉贞）

侵略军遭到突然袭击，队伍立刻大乱。他们想放枪，可是距离太近，放不了，只好用枪上的刺刀与青年们搏斗。青年们挥舞着大刀、长矛勇猛砍杀，侵略者招架不住，纷纷败退。

狡猾的侵略军想尽快摆脱短兵相接的困境，以便用洋枪射击。冯婉贞看出了敌人的诡计，指挥大家紧紧跟上后退的敌人，侵略军始终不能用洋枪来射击，大炮也没了用处。这一仗，打死侵略军100多人，剩下的敌人，不得不丢下长枪大炮，仓皇逃跑了。

清朝初年著名学者顾炎武告诉我们："天下兴亡，匹夫有责"，国家兴衰成败，是每一个人的责任。曾经有一个校长更对他的学生提出了"天下兴亡，我的责任"的主张，更加形象地把天下兴亡归结为"我"的责任，不是别人的责任，他说："唯有这个思想，我们的国家才有希望。如果每个学生都说：学校秩序不好，我的责任；国家教育办不好，我的责任；国家不强盛，我的责任。人人都能主动负责，天下哪有不兴盛的国家？哪有不团结的团体？所以说，每个学生都应该把责任揽到自己身上来，而不是推出去。"是啊，只有每一个人都积极努力地为了我们的国家，国家定会兴旺发达。国家越强盛，我们才会生活得越好，才不会被外人轻视欺凌。而要强盛，每个人就要必须记住：国家兴亡，我的责任！我们是女孩，但我们也是一个顶天立地的人，天下兴亡，我们也一样有责任。

成长中的我们，要视国事为己事，国家的责任就是我们的责任，使国家强盛起来更是我们的责任。作为中华民族的子孙，每一个人都应具有这样的责任心，我们对自己有责任，对家庭有责任，对班级学校有责任，对社会有责任，对国家有责任，未来的世界是我们的，我们对这个世界也有责任！感知责任，学会担当，铁肩担道义，靠我们的努力奋斗去创造美好的未来！

我们在接受爱国主义教育时就知道，爱国就是承担责任。对于我们来说，爱国就是从身边的一点一滴做起，努力学习，尊敬老师，着装整洁，尊老爱幼……这些事做好了就是爱国的开始。天下没有大事，任何小事都是大事。集小恶则成大恶，集小善则为大善。记住，从小事做起，是爱国的开始！让我们每一个人肩负起自己的责任，以国家之事为自己的事，从小事做起，做一个有意义的人，一个勇于奉献自己责任的人。

5 卓娅宁死不屈

人物小传

卓娅·科斯莫杰扬斯卡娅（1923—1941），出生在苏联唐波夫州一个名叫“山杨小林”的村子里，父母都是教师。1941年6月，法西斯德国入侵苏联，卓娅跟一批热血青年潜入敌后打击敌人，被德军抓获而宁死不屈，后被德军杀害。

卓娅从小就是一个很要强的孩子，上小学时，卓娅读到了一个女英雄的故事，这位叫丹娘的女英雄在敌人面前顽强不屈，最后英勇牺牲，女英雄的形象永远地刻在了卓娅的心中。

1941年，德国法西斯进攻苏联首都莫斯科，莫斯科城内已经听到隆隆

睿智箴言

你们现在绞死我，可我不是一个人。我们是两万万人，会有人替我报仇的。胜利必将是属于我们的！（卓娅·科斯莫杰扬斯卡娅）

的炮声。学校被迫停课，18岁的卓娅积极参加战时服务队，为前方军人缝制背包，进入工厂做旋床工人，加入莫斯科民兵组织，和青年们一起，冒着空袭危险在街头站岗、巡逻，保卫首都安全。后来，她主动向上级递交申请书，志愿报名上前线对敌作战。热忱、勇敢、聪慧的卓娅对母亲说："妈妈，我要去参加游击战争！"妈妈担心她还小，可卓娅对妈妈说："妈妈，你是知道的，当法西斯向莫斯科冲来时，我们每一个人都是不能袖手旁观的。"

于是，卓娅跟一些抵抗青年一起潜入敌后，开展游击战争，袭击侵略者。在一个村庄，他们焚烧德军马厩时，卓娅不幸被捕。法西斯用尽各种手段折磨她，对她严刑拷打，让她说出游击队的下落。面对敌人令人发指的酷刑，卓娅始终咬紧牙关，坚强不屈，一直不肯吐露半点战友秘密。德国法西斯将她反剪双臂，赤足推到零下几十度的风雪中经受蹂躏，她以坚韧的意志经受住了严峻的考验。

法西斯要杀死她，临刑时，卓娅对法西斯高喊："你们可以把我绞死，我不是一个人，我们有两万万人，他们会为我报仇的！德军士兵们，趁现在还不晚，赶快投降。胜利是属于我们的！"她对村民们说："永别了，同志们！别怕，同他们斗……为自己的人民而死，是幸福的！"18岁的卓娅英勇就义。

卓娅虽然牺牲了，但是，她的名字永远活被后人铭记。战争胜利后，苏联政府追认卓娅为"苏联英雄"。

伟人说："要奋斗就要有牺牲。"这句话适合革命战争年代，也适合今天的我们。当然，今天我们所说的"牺牲"并不是专指牺牲生命。一个人要有所追求，要想达到人生的目的，要想人生有所成就，就要牺牲和付出一些东西，例如，要付出自己的时间和精力，要放弃追求更多的物质享受等。

就像耕作一样，播种、插秧与锄草，每一个步骤，农民们都必须尽心尽力地付出，在秋收尚未到来之前，他们都明白，唯有努力付出才会有丰硕的收获。天下没有免费的午餐，小付出小收获，大付出大收获，有时候，有付出也不一定立刻有收获！付出和收获不一定成正比，但是，必须清楚的是——没有付出肯定不会有收获！

世上有一个恒定的法则："一份耕耘，一份收获"，你付出得越多，上帝给你的馈赠就越多，尤其对于想获得荣誉和成绩的人来说，更没有别的选择，只有不懈的努力，不断地学习，不停地付出，才能得到常人得不到的成就。

没有付出就没有收获，好像人人都知道。然而人类固有的劣根性，往往很多人更喜欢不付出就有收获。大科学家爱因斯坦曾经提醒人们："请记住，人是为别人而生存的。我们的精神生活和物质生活都依赖着别人的劳动，我们必须以同样的分量来报偿我们所领受了的和正在领受着的东西。"一个人如果只考虑自己的利益，只知道接受，而不懂得付出，结局将是令人难以接受的。

6 冷云立志报国为民

人物小传

冷云（1915—1938），原名郑香芝，曾用名郑志民，出生在黑龙江省桦川县悦来镇的一个贫苦农民家庭。19岁加入中国共产党，从事秘密抗日活动。后来参加东北抗日联军。一次，带领东北抗日联军7名女战士顽强抗击日本侵略军的进攻，弹尽援绝后，毅然投入滚滚江水，为国捐躯。

冷云幼年时，家境贫寒。全家五口人靠她父亲、哥哥租种地主的土地维持生活。冷云到七八岁时，就能帮助父母干些家务活了。随着岁月的流逝，冷云在苦水中泡过了十个春秋，她那幼小的心灵渐渐地懂事了。她要帮助父母摆脱家境的贫困，产生了要上学的念头。父母没钱供她上学，她就一个劲地磨，强烈的求知欲和不达目的誓不罢休的决心，终于打动了父母。在亲戚的资助下，冷云迈进了学校的大门。

上师范学校时，冷云立志为国为民而改名郑志民。19岁时，她秘密参加了中国共产党，从事秘密工作。22岁时，离开家来到抗联第五军的秘营中，走上了抗击日本侵略军的最前线。

冷云和战士们生活在原始密林中，多数时间住的是地窝子。开始，她担任文化教员，教指战员们识字，宣传革命思想。后来，到妇女团担任指导员工作。

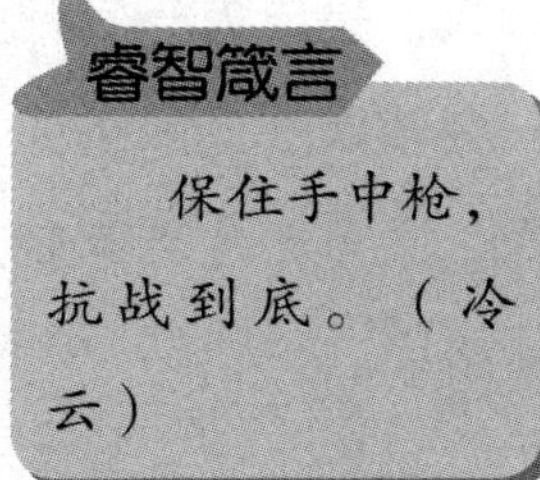

1938年夏天，日本关东军纠合大批部队对松花江下游展开“三江大讨伐”，东北抗联第四、第五军为摆脱困境并开辟新的活动区而西征，刚生完孩子两个月的冷云也率妇女团几十人随第五军第一师出发。西征部队遭围追堵截损失很大，被迫回返。部队躲入密林进行了27天粒米未进的饥饿行军，全靠采野果、吃山蘑菇维持生命。冷云硬撑着虚弱的身体，带领着妇女团仅剩的七个人，坚持了下来。10月下旬，部队行进到乌斯浑河畔，露营所燃篝火暴露了目标，拂晓时才发现被敌人包围。冷云当即组织战士们殿后掩护突围，大部队冲出去后，她们却被包围在岸边，冲出去的同志三次派人回救她们都被敌人密集火力阻住，只听到冷云她们高喊——“快往外冲啊！保住手中枪，抗战到底！”冷云和七名女战士耗尽子弹和手榴弹后，一同投江牺牲，写下“八女投江”的壮丽篇章。

女孩当自立

人生需要立志，立志就是设立自己未来方向的志愿，即确定一个长远的目标，制定达成目标的步骤，在这基础上努力进取，且不断调整理论与实践的差距过程。

“志不立，天下无可成之事。”一个人从青少年时代起就树立远大理想，确立人生的奋斗目标，这是非常重要的。翻开历史的画卷，古今中外，凡是有所作为的人无不是在青少年时代就立下了宏图大志，如周恩来、高尔基、鲁迅……无论你立志是成为一名学识渊博的科学家，还是一名燃烧蜡烛的教师；是成为勤劳为民的公务员，还是一名保家卫国的军人；是成为一名驰骋商海的弄潮儿，还是一名公正廉明的法官；是成为一名救病济世的医生，还是一名为国争光的运动员……不论是什么样的选择，立下一个志向就是我们漫漫征途的开始，没有第一步，我们就无法到达终点。

当然，立志并不等于就能把人生掌握好，要想实现自己的远大志向，还需付出艰苦的努力。法国细菌学家巴斯德的一句名言说得好：“立志，工作，成功是人类活动的三大要素。立志是事业的大门，工作是登堂入室的旅程，这旅程的尽头就有成功在等待着。”所以，立志重要，努力更重要。立志贵在坚持，立志贵在立大志！而立大志，莫过于立志成才，照亮祖国未来的希望。

7 伟大、光荣的刘胡兰

人物小传

刘胡兰（1932—1947），出生于山西省文水县云周西村人（现已更名为刘胡兰村）一个农民家庭。1945年进中共妇女干部训练班，1946年开始做妇女工作，并成为一名中共党员。1947年1月12日被捕，因为拒绝投降，被铡死在铡刀之下，时年15岁。

刘胡兰从小就是一个非常勇敢的小姑娘。10岁时她就参加了儿童团，被选为村儿童团长，带领伙伴们站岗放哨查路条，侦察敌情，帮助八路军运送武器弹药打鬼子。13岁时就积极参加夺粮战斗，同伙伴们扛粮装车，受到村干部的称赞。不满14岁的她就背着家人到外村参加妇女培训班学习，回村后担任村妇救会干部，组织妇女办冬学，支前和慰问部队等。县里下达纺棉花任务，限期20天完成。她带领妇女昼夜苦战，提前2天完成，获全县第一名。

睿智箴言

不怕流血，不怕牺牲，困难面前不低头，敌人面前不屈服，为共产主义奋斗终身。（刘胡兰）

那时候，国民党军大举进攻解放区，刘胡兰主动留在已被敌人占领的家乡，秘密发动群众，配合武工队打击敌人。在艰苦的斗争中，许多优秀党员和革命战士为革命献出了自己的生命，他们英勇不屈、视死如归的英雄事迹使刘胡兰深受教育，一些战友壮烈牺牲的情景，更使她永生难忘。

村子里的反动村长为国民党的阎锡山匪军派粮派款、递送情报，成为当地一害。刘胡兰配合武工队将其处死。匪军恼羞成怒，实施报复行动，袭击了刘胡兰的家乡。为保存实力，上级党组织组织干部转移。可刘胡兰再三恳求党组织把她留下坚持地下斗争。不久，敌人突然包围了村子，刘胡兰因叛徒告密而被捕。

在敌人威胁面前，刘胡兰坚贞不屈，大义凛然。匪军问她："你给八路做过什么工作？"刘胡兰大声说："我什么都做过！""你为啥要参加共产党？""因为共产党为穷人办事。"匪军让她投降，还说投降就放了她，还给她一份土地。"刘胡兰大义凛然地说："给我个'金人'，我也不投降！"匪军让她供出其他共产党员，她干脆地答道："不知道！"匪军又以死相逼，她昂首挺胸、义正辞严地说："怕死不当共产党。"匪军恼羞成怒，在刘胡兰面前把其他六个同志用铡刀杀害。然后问刘胡兰："怕不怕？"她坚定地回答："死也不投降！"然后她镇定自若地问匪军头目："我怎个死法？"匪军头目狂叫："一个样！"刘胡兰从容不迫走向铡刀，英勇就义，牺牲时还未满15周岁。

毛泽东主席听到了刘胡兰的事迹后深受感动，为她写下了“生的伟大，死的光荣”八个大字。

刘胡兰，是已知的中国共产党女烈士中年龄最小的一个，牺牲时未满15周岁。今天，刘胡兰已经成为一个家喻户晓的名字。人们无不为她同敌人誓死抗争的事迹而感动，无不为她忠于共产党而骄傲！

毛泽东同志在《纪念白求恩》一文中写道：“一个人能力有大小，但只要有这点精神，就是一个高尚的人，一个纯粹的人，一个有道德的人，一个脱离了低级趣味的人，一个有益于人民的人。”“这点精神”说的是毫无自私自利之心的精神，是一种忘我乃至无我的精神，是一种人间大爱。一个人只要有这种精神，就是高尚的人，一个人有这种追求，就是伟大的人。

今天，我们不需要像刘胡兰那样在艰苦的环境下，面对敌人进行英勇不屈的斗争，但是，我们需要刘胡兰那种为革命事业舍生取义的精神，对共产主义的忠贞信仰和为人民过上幸福生活的美好追求。一个人如果没有信仰没有追求，那么他就有如行尸走肉，活着就没有任何意义，没有坚定的信仰，很难使人生有意义。作为商人，如果整天只知道赚钱，而没有一个精神上的支柱，那他最终只能成为高老头似的守财奴；作为学者，如果只知道捞取荣誉，不专心学术，那他最后只能成为一个伪君子；作为一个女孩，作为一名时代青年，如果没有努力学习、积极向上、忧国忧民的信仰，每天浑浑噩噩地过日子，那么终将一事无成。所以，一个人要有精神，有追求，有目标，一个人精神状态良好，就会有一种追求，有一股力量，有一颗恒心，就能成就一番事业，否则你这一生将会虚度。

8 宁死不屈赵一曼

人物小传

赵一曼，原名李坤泰（1905—1936），爱国女诗人，中国共产党优秀党员，著名抗日民族英雄，出生在四川省宜宾县北部白杨嘴村一个封建地主家庭，曾任东北抗日联军第三军二团政委，率军与日寇浴血奋战在白山黑水之间，在与日寇殊死搏斗中为国捐躯。2010年被评为“100位为新中国成立做出突出贡献的英雄模范人物”之一。

赵一曼在中学读书时，正是“五四”运动期间，受革命思想的影响，她积极参加爱国革命行动，21岁时加入中国共产党，组织和参加家乡的妇女工作。27岁时被党组织派到东北地区工作。

她先在奉天（沈阳）和哈尔滨等地领导工人运动，后赴哈尔滨以东的抗日游击区任区委书记，又兼任东北人民革命军第三军一师二团政委。

1935年11月，为掩护大部队转移，赵一曼带领几个战士与日伪军激战，身边的战士一个个牺牲，赵一曼手腕也受了伤，但是她坚持用受伤的手举枪向敌人射击，腿部又不幸被敌人击中，赵一曼昏死过去而被捕。

面对凶恶的日军，将生死置之度外的赵一曼忍着伤痛怒斥日军的罪行。凶残的日军见赵一曼不肯屈服，使用马鞭狠戳其腿部伤口。身负重伤

睿智箴言

未惜头颅新故国，甘将热血沃中华。（赵一曼）

的赵一曼表现出了一个中国人应有的坚强意志和誓死抗日的决心，痛得多次昏了过去，仍坚定地说："我的目的，我的主义，我的信念，就是反满抗日。"但她没说出丝毫有关抗联的情况。

为了得到她的口供，日军将赵一曼送进医院监护治疗。住院期间，她利用各种机会向看守和看护宣传抗日救国的思想，受她的影响，看护和看守决心投奔抗日队伍，还帮助她逃出了医院。可在准备奔往抗日游击区的途中，赵一曼不幸被日军追捕，再次落入日军的魔掌。凶残的日本军警为了逼迫她供出抗联的机密和党的地下组织，对她进行了残酷的拷问，使用了电刑、老虎凳、泼辣椒水等几十种酷刑，但她始终坚贞不屈，没有吐露任何实情。

日军知道从赵一曼的口中得不到有用的情报，决定把她处死"示众"。临刑前，她高呼"打倒日本帝国主义！""中国共产党万岁！"赵一曼的宁死不屈，视死如归，表现出了一个共产党员坚强的意志和誓死抗日的决心！

做一个有理想的人，人生有理想，前进才有方向；人生有理想，未来才有希望。理想是石，敲出星星之火；理想是火，点燃熄灭的灯；理想是灯，照亮夜行的路；理想是路，引你走向黎明；理想是船上的风帆，引导我们在大海中前行；理想，是人生的指路明灯。

一个有所成就的人必定有理想的人。伟人之所以伟大，是因为他们有远大的理想，他们为了自己的理想付出了超出凡人的代价，历经无数的坎坷却毫不退却。他们身上有着永不熄灭的灯：为理想而奋斗。这并不是一

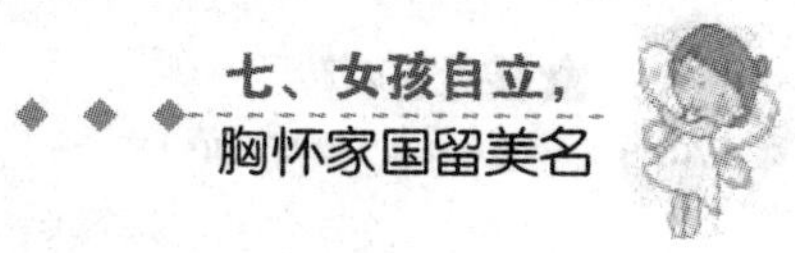

个伟人的信念，而是千千万万有巨大成就人士的信念。

每一个人都有理想，但理想并不是空想而不行动，有了理想，就应该去奋斗，否则就像一块木头被遗弃路旁，慢慢地变得腐朽无用了。理想的实现，不可能一蹴而就，理想+奋斗＝成功，有理想还要为实现理想不懈地奋斗。理想需要艰辛地付出，理想必须通过实践才能转为现实。勇于实践、艰苦奋斗是实现理想的根本途径。历史上，凡有成就者，其卓越的才能、闪光的智慧、不朽的业绩，多是从艰苦奋斗中得来的。为此，成长中的我们要做充分的思想准备，要有“咬定目标不放松”的坚持精神，要矢志于理想，不惧任何艰难困苦，不惧任何困难挫折，日日努力，时时刻苦，努力攀登理想的高峰，实现美好人生。

作家伯纳德·马拉默德说：“一个人如果认为自己在一生中能干出一番不同寻常的大事，就比没有远大理想的可怜虫，有着更多的成功的机会。”所以成功学家戴尔·卡耐基说：“要是一个人，能充满信心地朝他理想的方向去做，下定决心过他所想过的生活，他就一定会得到意外的成功。”所以，我们要相信，只要为理想而奋斗，为理想而拼搏，理想并不遥远。

9 意志如钢铁的江竹筠

人物小传

江竹筠（1920—1949），出生于四川省自贡市一个农民家庭，原名竹君，曾用名江志炜，同志们都叫她江姐。1939年加入中国共产党。1945年后负责中共重庆市委地下刊物《挺进报》的组织发行工作。1948年，中共川东临时委员会委员兼下川东地委副书记的丈夫牺牲，江竹筠接任其工作，后不幸被捕，被关押于重庆军统渣滓洞监狱，受尽酷刑仍坚贞不屈，1949年11月14日被敌人杀害。

江竹筠从小就是一个性格刚强的人，10岁到织袜厂当了童工，因为人还没有机器高，老板就为她特制了一个高脚凳。11岁时，她又进了一所孤儿院做工，边做工边读书。苦难的生活经历，使得她的心里充满了对旧社会制度的憎恨，更培养了她顽强斗争的精神。

1939年，19岁的江竹筠加入了中国共产党，参加并领导了重庆学生抗暴运动，并为市委机关报《挺进报》做了大量工作。结婚后，化名江志炜，随丈夫到下川东地区开展武装斗争。丈夫在组织武装暴动时不幸牺牲。江竹筠强忍悲痛，毅然接替了丈夫的工作。

1948年6月14日，由于叛徒的出卖，江竹筠不幸被捕。被捕时，敌人问她的名字，江竹筠说“我叫江志炜”，狡猾的敌人冷笑道：“别以为我不知道，你真名叫江竹筠。”这时，江姐听到了审讯室外风吹竹林的声音，想起了家乡竹林那种顽强精神：每当狂风暴雨来临，它们个个精神抖擞，毫不畏惧，即使狂风吹落它们的枝叶，暴雨折断了它们的“脊梁”，它们仍然不肯向暴风雨低头，高高地挺立着，将根深深地扎在泥土里。为了晚一点暴露身份，她灵机一动，大声呵斥敌人：“对，我是叫江竹筠，不过我那个“筠”，是上面一个竹字头下面一个平均的均，你们不要写错了。”可谁知，这一改，竟然为后世留下了一个叱咤风云的千古英名。

睿智箴言

竹签子是竹子做的，共产党员的意志是钢铁铸成的。（江竹筠）

江竹筠被关押在重庆渣滓洞监狱，受尽了国民党军统特务的各种酷刑，老虎凳、吊索、带刺的钢鞭、撬杠、电刑……甚至竹签钉进十指。特务妄想从这个年轻的女共产党员身上打开缺口，以破获重庆地下党组织。面对敌人的严刑拷打，江竹筠始终坚贞不屈，“你们可以打断我的手，杀我的头，要组织是没有的。”“毒刑拷打，那是太小的考验。竹签子是竹子做的，共产党员的意志是钢铁铸成的！”她关怀难友，参与领导狱中对敌斗争，被亲切地称为“江姐”。

1949年11月14日，在重庆即将解放的前夕，江竹筠被国民党军统特务杀害，为共产主义理想献出了年仅29岁的生命。

中国古时候，李时珍艰苦跋涉31年，多次冒着生命危险尝百草，而后著成了《本草纲目》，靠的是坚强的意志；法国的居里夫人12年不怕挫折失败，终于从几十吨矿石中提取了几克镭，靠的也是坚强的意志；中国

数学家陈景润在没有人支持研究的环境中克服重重困难，居于六平方米斗室，借助的是一盏昏暗的煤油灯，一张床板，一支笔，六麻袋的草稿纸，攻克了哥德巴赫猜想，靠得更是他坚韧不拔的意志；贝多芬，这位19世纪最伟大的音乐家，在最辉煌的时候双耳失聪，但是他“扼住了命运的咽喉”，凭着顽强的毅力，为世界留下了不朽乐章。

意志是失败后的自信，困难下的勇气，岁月中的磨炼。古语说得好：“有志者，事竟成。”生活中我们每天都在经历各种各样的磨炼，有的人在磨炼面前气馁了，有的人在磨炼面前放弃了，也有的人在磨炼面前失败了，其实放弃、气馁和失败都不可怕，可怕的是我们再也经受不住各种各样的磨炼。“宝剑锋从磨砺出，梅花香自苦寒来。”坚强意志是战胜困难，克服弱点，取得事业成功的一把利剑，是成功的保证，是行动的强大动力，是克服困难的必要条件。只有意志坚强的人，才能战胜一切困难，走向人生的理想舞台。

世上没有人天生就是成功者，也没有人可以避免失意、挫折等。“打败你的不是别人，而是你自己，让你畏缩不前的不是别人，而是你自己。”如果一个人缺乏意志力，那么，即使他的生活条件再好，天资禀赋再高，也会一事无成。培养我们的坚强意志，挑战困难，克服弱点，才能成就人生。

10 努力学习报效祖国的何怡贞

人物小传

何怡贞（1910—2008），出生于山西灵石一个民主革命先驱之家。中国第一位物理学女博士。是我国著名的科学家，是20世纪我国杰出的知识女性之一。她与胞妹何泽慧、何泽瑛享有科坛“何氏三姐妹”之誉。

何怡贞的父亲何澄，曾经追随孙中山先生参加同盟会，是追求民主共和理想的革命先驱。他一共生了八个孩子，曾经发誓要将八个孩子送到当年侵占北京的“八国联军”那八个国家去留学，学好本领报效祖国。

为了实现父亲科学救国的梦想，何家的四个孩子先后踏上了留学海外的征途。何怡贞，是家中八个孩子中的长女，曾两度留学美国，获得硕士和博士学位，成为中国第一位物理学女博士。

何怡贞是一位把祖国看得高于一切的科学家。她的内心里始终装着“科学无国界，但科学家有祖国”的思想。留美期间，她积极支持和参加其丈夫葛庭燧教授领导的爱国华人组织的活动，支持他号召、动员和组织华人学者回到祖国贡献聪明才智。新中国成立后仅一个月，她就和丈夫带着子女，冲破重重阻力，毅然回到祖国，投身新中国的建设事业。她的科学研究成果为祖国建设发挥了重要作用，受到国际同行的高度好评。

睿智箴言

我一生的追求，就是把自己的全部智慧和精力献给我深深热爱的祖国和人民。（何怡贞）

半个多世纪来，何怡贞服从国家需要，先后在北京、沈阳、合肥工作，克服种种困难，默默无闻地做着教育、科学事业的奠基性、开拓性工作。清贫的生活，艰苦的条件，政治风浪的扰乱，都没有动摇她对祖国和人民的忠诚，没有改变她对科学事业的满腔热忱和忘我投入。

八十高龄时，何怡贞仍坚持在第一线工作，她以严谨的学风、科学的态度熏陶着后来人。她早期培养的学生多已成长为我国有关科研教学领域的重要专家学者，中期培养的学生已成为重要的学科带头人，晚年培养的学生也已成为各自领域的科研骨干。

立身百行，以学为基，只有学好本领，才能更好地报效祖国。报效祖国不是只喊口号，而是要有实际行动。青少年时期是立志的关键时期，古今中外，大凡对人类文明作出巨大贡献的人，无一不是在青少年时期就立下了与时代要求相一致的雄心壮志。

报效祖国，振兴中华，要求我们要与时代同步，要更加勤于学习、善于求知；更加集中精力、只争朝夕。作为成长中的新时代的青少年，每个人都要有自己的崇高理想和追求。在个人理想和祖国需求发生矛盾时，要自觉地服从国家的需要，调整自己的理想，应该学会先天下之忧而忧，后天下之乐而乐，真正做到吃苦在前，享乐在后。

今天的社会是一个竞争的社会，没有过硬的本领，没有丰富的知识，是无法在社会上立足的。连立足都困难，更谈何报效祖国。所以，只有爱

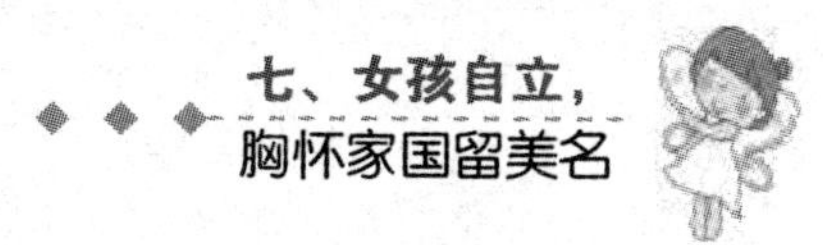

国之情和报国之志是不够的，必须有真才实学，只有具备了真才实学，才能更好地承担实现中华民族伟大复兴的历史重任，才能使我们的青春更壮丽，人生更美好。

八、女孩自立，把爱撒向人间

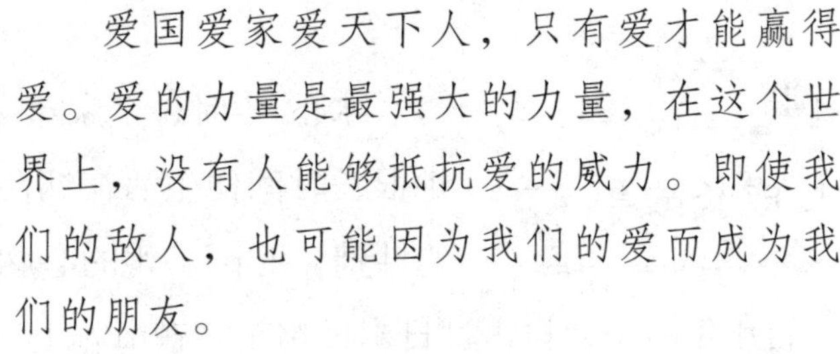

爱国爱家爱天下人，只有爱才能赢得爱。爱的力量是最强大的力量，在这个世界上，没有人能够抵抗爱的威力。即使我们的敌人，也可能因为我们的爱而成为我们的朋友。

1 冰心·爱撒天下

人物小传

冰心（1900—1999），出生福建福州一个海军军官家庭，原名谢婉莹，笔名冰心，取“一片冰心在玉壶”为意，著名诗人、作家、翻译家、儿童文学家。冰心一生信奉“爱的哲学”，她认为“有了爱，便有了一切”。代表作有《繁星》、《春水》、《寄小读者》等。

冰心4岁时，全家随父亲迁往山东烟台，此后，她很长时间便生活在烟台的大海边。大海陶冶了她的性情，开阔了她的心胸。她的父亲谢葆璋参加过中日甲午战争，抗击过日本侵略军。在海滩上，父亲经常给小冰心介绍祖国美丽的大好山河，给她讲中华民族受列强欺凌的屈辱历史，父亲的爱国之心和强国之志也深深影响着她幼小的心灵，更激发了她的爱国之情。

23岁时候，冰心出国留学，期间发表了中国儿童文学的奠基之作《寄小读者》，以优美的笔调叙述了自己在异国他乡的经历与感触，国内为之轰动。在那个风雨如晦的时代，对孩子的培养和熏陶，是一个被遗忘的角落，但冰心用充满温情和绚丽色彩的美文，给孩子们开辟了一个新的百花园。此后，《再寄小读者》、《三寄小读者》等，让更多的小读者明白了：“爱在左，同情在右，走在生命路的两旁，随时撒种，随时开花。”

冰心喜欢大海，她的爱也是博大的。年近七旬时，身体孱弱的冰心被扣上了“修正主义的黑帮分子”、“黑作家”、“司徒雷登的干女儿”等罪名，脖子上挂着黑板，每天去扫厕所，被无休止地揪斗与谩骂。在一次“批斗会”上，当被盘问为何不在国外生活而回国时，冰心直言：“我们爱祖国，这就是我们回国的目的。”这些如金石掷地的回答，却引来一阵殴打，她被一记重拳打倒在地，但依然艰难而奋力地爬了起来。

睿智箴言

有了爱，便有了一切。（冰心）

尽管受到不公正对待，但她坦然镇静地面对一切，坚信真理一定胜利。她曾在一本书中写道：“九十年来……我的一颗爱祖国，爱人民的心，永远是坚如金石的。”年近九旬时，她还发表了《我请求》、《我感谢》、《给一个读者的信》，用正直、坦诚、热切的拳拳之心，说出真实的话语，显示了她对祖国、对人民深沉的爱。

女孩当自立

著名作家巴金评价冰心说：“有你在，灯亮着。”他还说：“一代代的青年读到冰心的书，懂得了爱：爱星星、爱大海、爱祖国，爱一切美好的事物。我希望年轻人都读一点冰心的书，都有一颗真诚的爱心。”是的，冰心用她的爱引导了几代孩子成长。

爱是人类一种伟大、高尚的情感。古今中外，爱心被认为是一个人的基本道德和社会的灵魂。爱心是人的非常重要的素质，它是人性的基础。爱心使人们更能体验环境中的美好，让人们更能融入社会。

成长中的我们要有一颗爱心。一颗小苗，没有阳光雨露是无法茁壮成长的。一个青少年的成长、成才、发展、壮大，同样需要社会、他人、父母、组织的关爱，事实上，青少年也是在时时刻刻受到爱的滋润下一步一步成熟起来的。因此，青少年在接受爱的同时，也要有一颗爱心。青少年人的爱心，一是要爱自己的祖国，这不是一句空话和大话，一个人从出生起就刻上了祖国的烙印，自己的命运从此就和祖国的命运紧紧连在了一起，爱祖国就是爱自己；二是要爱生命，生命属于每个人只有一次，假如失去将不复存在，这正是生命的崇高和珍贵，爱自己的生命，同样也要爱他人的生命；三是爱他人，青少年人在爱自己的同时，一定要爱他人，包括自己的父母、亲人、同学、老师、同事、领导、伙伴，爱他人才能送人玫瑰，手留余香。

只要人人都献出一点爱，世界将会变得十分美好。不但如此，正所谓“送人玫瑰，手有余香”，多奉献些爱心，我们的心灵和人生也会变得更加美好。

2 帮助穷苦人的南丁格尔

人物小传

弗洛伦斯·南丁格尔（1820—1910），出生于英国佛罗伦斯市的一个上流社会家庭，因在克里米亚战争中进行战地护理而闻名，被誉为“提灯女神”。她是世界上第一个真正的女护士，开创了护理事业，1908年3月16日，她在88岁高龄时被授予“伦敦城自由奖”。“5·12”国际护士节设立在南丁格尔生日这一天，就是为了纪念这位近代护理事业的创始人。

成长故事

南丁格尔童年时，家庭条件非常优越，但是，那时的她就独来独往，不像一般的孩子那样顽皮。她倔强而执拗，多愁善感。正赶上经济异常萧条，到处都是饥饿的人们。她不顾家人的反对，去帮助周围的穷人。她不怕肮脏和吃苦，把自己的时间，越来越多地用在病人的身上。因为不少病人缺衣少食，她常常硬要母亲给她一些药品、食物、床单、被褥、衣服等。她把这些东西用于赈济穷人，以解他们的燃眉之急。父亲、母亲和姐姐都认为，出身贵族的女儿理应在别的事情上有所作为，浪费时间护理那些穷人，简直荒唐无比。南丁格尔孤立无助。她在笔记中写道：不管什么时候，我的心中，总放不下那些苦难的人群……

一年秋天，南丁格尔家附近农村中瘟疫流行，她积极地投身于护理病人的工作。在当时英国人的观念中，与病人打交道是非常肮脏而危险的。人们对于“医院”、“护理”这样的字眼一向避而不谈，因为都是一些很可怕、很丢脸的事情。南丁格尔不惧怕这些，她一次次地证明着自己，她的人生信念更加坚定了。她要去系统地学习护理知识，帮助那些病人得到康复。可全家人都反对她，认为她有失贵族身份。在巨大的精神压力下，她咬紧牙关，没有屈服，偷偷地学习护理知识，并且和家人大吵一场后勇敢地离开了家，到一家收容所工作，照顾那里的贫苦病人。从此，她走上了护理工作的岗位，并成为世界护理工作的先驱者。

终于，她的工作得到了人们的认可，英国政府奖励了她一些钱，她用这些钱创建了世界上第一所正规护士学校，她被誉为“现代护理教育的奠基人”。1907年，英王还授予她功绩勋章，她成为英国历史上第一个接受这一最高荣誉的女性。

睿智箴言

因为人是最宝贵的，能够照顾人使他康复，是一件神圣的工作。（弗洛伦斯·南丁格尔）

女孩当自立

一代文坛巨匠巴金先生曾说：“我们的生活目标，无一不是在帮助别人，使每一个人都得着春天，每颗心都得着光明，每个人的生活都得着幸福，每个人的发展都得着自由。”这个用《家》、《春》、《秋》等著作慰藉于苦难中向往和平的人们的作家，唯一的生活目标就是帮助别人。帮助，为饥寒交迫的人们送去冬日里的温暖阳光；帮助，让濒临绝境的人重新看到生活的希望；帮助，让在黑暗袭来时孤苦无依的人有耐心期待光明。人生的路上多了帮助，会让道路变得更加平坦，生活变得更加幸福，社会变得更加和谐，国家也会变得更加繁荣。

“帮助别人，快乐自己”，帮助别人的同时，自己也收获了好心情。人与人之间应该互相帮助，要知道，自己在帮助别人时，其实就等于帮助自己。因为一个人在帮助别人时，无形之中已经投资了感情。别人对于你的帮助会永远记在心。相反，你在别人需要帮助的时候却视而不见，装聋作哑，到你需要帮助的时候，别人也会用同样的态度对待你。

很多时候，帮助别人并不一定惊天动地，遇事多替别人考虑，主动伸手帮助那些需要帮助的人，感动和温暖便会在普通的小事中传递。人的生命是有限的，如果人人都能尽自己的能力多帮助一些人，这个社会就会变得越来越和谐，我们的人生就会变得越来越美好。

3 富有同情心的斯托夫人

人物小传

哈丽叶特·比切·斯托夫人（1811—1896），出生在美国一个著名的牧师家庭。著名小说《汤姆叔叔的小屋》的作者。从19世纪20年代起，废奴问题就成为美国进步舆论的中心议题。当时许多著名的美国作家都站在废奴的一边，为解放黑奴而呼吁。斯托夫人便是这批废奴作家中最杰出的一位。

哈丽叶特·比彻·斯托夫人从小受就受过良好的教育，特别酷爱读书。十几岁时，全家搬到辛辛那提，那里的郊外是星罗棋布的大种植场。当时，那里是北美废奴运动的中心之一，在市区经常能听见反对黑奴制的激昂演讲。同时辛辛那提还是各地逃跑奴隶的避难地，他们通过那里逃往加拿大或美国北方的自由州。

在废奴运动的影响下，斯托夫人一家对黑人奴隶也深表同情。父亲就帮助安置过逃跑的奴隶，这使得斯托夫人有机会亲耳听到黑人奴隶们诉说

睿智箴言

上帝帮助我吧，我将要把我所了解的事情写出来。只要我活着，我就一定写。（哈丽叶特·比切·斯托夫人）

悲惨的遭遇，控诉奴隶制的种种罪恶。她也很同情奴隶们的遭遇。为了进一步了解黑人奴隶的情况，她几次找机会去了奴隶主的种植场，目睹了黑人奴隶劳动和生活的惨状。听到了许多人给她讲述的南方奴隶主暴戾恣睢、惨绝人寰的真实故事，特别是她在密西西比河一艘商船上看到一个凶残的奴隶主的劣迹，使斯托夫人大为震惊。她决定要为解放黑人奴隶做点什么，不能再让他们这样受苦受难了。

斯托夫人热爱写作，家里人也都支持她写点关于黑人奴隶的东西，让更多的人都知道可恶的奴隶制是什么样子。斯托夫人也下定决心，她说："上帝帮助我吧。我将要把我所了解的事情写出来。只要我活着，我就一定写。"

很快，《汤姆叔叔的小屋》的第一章就写出来了。写完第一章，她念给家人听，家人都深受感动，这更坚定了她继续写下去的决心。从1851年6月起，《汤姆叔叔的小屋》就开始在一家主张废奴的周刊上连载了一年。小说的连载，引起强烈反响，为美国废奴运动赢得了无数的同情者和支持者，废奴运动的发展，终于引发了美国南北战争。1862年，林肯总统在白宫接见了斯托夫人，评价她的书时，在扉页上题写了"写了一本书，酿成一场大战的小妇人"。

先贤孟子说："人皆有不忍人之心。"就是说，人都有一颗同情弱者的心。看到别人孤弱无助，就会心生怜悯，欲上前帮扶一把。这就是恻隐之情，仁厚之意，也即"善"，这是做人的根本，是一个人其他良好品性的基础。同情弱者，同情贫穷的人，帮助那些需要帮助的人，这是一种较为普遍的心态，许多具有崇高品德的行为，实际上都是基于非常朴素的同情思想。同情是人类一种美好的感情，也是人际交往中应该具备的条件之一，人与人之间相互同情，相互关心，那么家庭就充满了温馨和关爱，社会就成为一个和谐的大集体。一个没有同情心的人，是冷酷残忍的人；一个没有同情心的世界，是冷漠可怕的世界。所以，人不可无同情心，同情心可以使人变得可亲可敬，变得伟大而崇高。

法国伟大的启蒙思想家孟德斯鸠也说过："同情是善良心所启发的一种情感之反映。"身怀仁慈的同情之心是人性的美德。对于生活中的一些弱者来说，渴望同情、帮助是人的天性，尤其是在特别困难的时候。而对于强者来言，乐于同情，施以爱心是一种美德。

善良的人常怀同情心。用自己的善良和仁爱去温暖弱者的心灵，用平等和尊重的心态去给予别人帮助，这样的同情才是真正的同情和仁慈，这样的同情才能让弱者在接受帮助的时候感到平和和温馨。

英国大哲学家培根说：“同情在一切内在的道德和尊严中为最高的美德。”同情心是道德的基础，但同情心不会自发产生，同情心也要靠精心培植和维护，心灵里播下爱的种子，才能长成同情之花。

4 善良的迪尔玛·罗塞夫

人物小传

迪尔玛·罗塞夫（1947— ），出生在巴西一个中产阶级家庭。16岁时就参加政治活动，19岁时参加了地下党和游击队，反对当时的军事独裁统治。因此有过3年的牢狱生涯。在监狱中罗塞夫受到酷刑，但始终没有向独裁统治屈服。出狱后继续从事政治活动。2010年10月，迪尔玛·罗塞夫当选巴西历史上首位女总统。

成长故事

1948年，她出生在巴西瓦里诺斯市郊的一个中产阶级家庭。在贫富悬殊的巴西，她们一家人过着富裕的上流生活。她接受欧洲古典教育，热爱歌剧，童年时曾梦想当芭蕾舞演员、消防员或者杂技演员。慢慢长大后，看家家乡的穷人们没有人关心，生活贫困无着，她立志要用自己的力量和行动来帮助他们。但当时的巴西，上流社会根本不允许一个富人家年轻姑娘为穷人说话。

一次，22岁的她从一个贫民社区做完服务出来，在街上看到当时的州长先生在打骂一个贫困人家的孩子，而仅仅是因为那个孩子在玩耍中不小心撞到了州长，弄脏了他的衣服！她立刻上前劝说，不料州长却不屑地对她说：“少管闲事，再多说一句对你也不客气了！”她见劝说无用，只好拉着那个孩子跑开了。

年轻气盛的她决心实施一项“劫富济贫”行动，当天晚上，她潜入州长家里，从其保险柜里拿出了250万美元，并在现场留下了一张字条：“州长先生，我偷你这些钱，会将它用在正途上！”

她将这笔钱全部捐给了一家儿童保障基金会、一家老年慈善会和两家专为穷人而设的医院。然而，她的这次行动却使她遭遇了22天的酷刑，包括鞭刑、电击，加之她参加地下游击队反对军政府，使她在狱中度过了将近3年暗无天日的牢狱生活。但她的坚强使她赢得了巴西“圣女贞德”的称号。

睿智箴言

我们要共同建设一个民主的新国家，这个国家会重新发现自己，每个人都可以自由表达观点，并且不能容忍社会不公。（迪尔玛·罗塞夫）

出狱后，她决心为百姓们做更多的事，她进入大学学习并转战政界，63岁的时候，她参加总统竞选，对手把她偷钱的前科找出来准备借此打击她，但没想到这件事却帮助了她，因为她偷的那些钱，自己一分也没乱用，都按着她的承诺捐给了需要钱的穷人。这件事，感动了无数的普通民众，他们高呼支持她的口号，说她是“人民的母亲”，纷纷把手中的选票投给了她。最终，她以绝对的优势，成功当选为总统，成为真正的“巴西之母”！

她就是巴西历史上的首位女总统迪尔玛·罗塞夫。

有一次，一位哲学家问他的学生们：“人生在世最需要的是什么？”学生们七嘴八舌。许多人的答案都没有得到哲学家的认可。最后有一个学生说：“一颗善良的心！”“正是，”那位哲学家赞叹地说，“你的‘善心’两字中，包括了其他人所说的一切话，因为有了善心，对于自己，则能自安自足，能够做一切与己适宜的事，对于他人，则是一个良好的伴侣，亲切的家人，可爱的朋友。”是的，我们每一个人都应该怀有一颗仁慈的心，对别人仁慈，对自己仁慈。爱自己也爱别人，心中便有无穷财富，我们的灵魂会变得高尚而纯洁。

善是人类独有的精神财富，也是中华民族的传统美德；善是一种不可多得的珍宝，也是一种高尚的情操。《弟子规》中说：“凡是人，皆须爱；天同覆，地同载。”这段话告诉我们：做人要有一颗仁慈仁爱的心，不仅仅是对人，对一切众生都要有一颗爱心，因为爱是一切的答案。“仁者爱人”，仁慈之心是我们做人的真心本性。善良是我们人生中的灵魂和支柱。作为一个人，如果丧失了最基本的善良，即使他再有才再有出息，那么他的生命也只会像熄灭的野火，只会剩下一堆冰冷的灰烬，既不会发光，也不会给别人带来温暖。

“人之初，性本善！”每个人的心都是肉长的，经不住人性的感化。在感人至深的故事面前，我们往往会被打动，而打动我们的正是那颗善良的心。正因为这颗善心的存在，人间多了更多的关爱与帮助。

5 缇萦独闯京城救父

人物小传

缇萦，是西汉时期（公元前206至公元8年）人。她是西汉名医淳于意的女儿，为救父而向汉文帝上书。她表现出的毅力和勇气，不但使父亲免受肉刑，而且也使汉文帝深受感动，因而废除了这种残酷的刑罚。

西汉初年，有个叫淳于意的大夫，因为做过太仓令，所以，人们叫他“仓公”。后来，他辞退官职回家做专职的医生。由于医术好，替人治病态度又好，所以，人们从四面八方不惜长途跋涉来找他求医。有时出诊，交通不便，他几天回不来，所以，一些病人常失望而归，一些求医者开始对他有意见。

有一次，有个大商人的妻子生了病，请仓公医治。那病人吃了药，不见好转，没过几天就死了。大商人仗势向官府告状，说仓公错治了病。当地的官吏判他“肉刑”（当时的肉刑有脸上刺字、割去鼻子、砍足等），按当时的律令，凡做过官的人受肉刑必须押送到京城长安去执行。因此，仓公将被押送到长安。

仓公没有儿子，只有五个女儿，临行时都去送父亲，相向悲泣。仓公看着五个女儿，长叹道：“生女不生男，遇到急难，却没有一个有用的。”听完父亲的哀叹，15岁的小女缇萦决定随父进京，一路照顾父亲的生活。家人再三劝阻，她执意要去。他们的家距长安两千余里，一路上父女俩风餐露宿，尝尽辛苦。由于缇萦的细心照料，年迈的父亲得以平安到达长安。

缇萦是个勇敢也很有智慧的姑娘，一路上，她思考了很多问题，觉得应该想办法营救父亲。到了京城长安后，缇萦托人写了一封奏章，到宫门口递进了宫里。皇帝汉文帝听说一个小姑娘给她写了奏章，很重视。只见那奏章上写着：

> **睿智箴言**
>
> 我情愿给官府当奴婢，替父亲赎罪，让他有个改过自新的机会。（缇萦）

“我父亲做官的时候，人们都说他是个清廉的好官。这次犯了罪，被判处肉刑。我很为父亲难过，但也为所有受肉刑的人伤心。一个人砍去脚就成了残废，他的生活就会遇到困难；割去了鼻子，不能再安上去，以后想改过自新也没了办法。我情愿给官府当奴婢，替父亲赎罪，让他有个改过自新的机会。”

汉文帝看了奏章，召见了缇萦，为她的精神、毅力和勇气所感动，汉文帝觉得她说得很有道理，就召集大臣们，研究废除了肉刑。缇萦救了她的父亲，也救了许多被判肉刑的人。

古时候有个叫子路的人，在孔子的弟子中以了解国家大事著称，尤其以勇敢闻名。但子路小的时候家里很穷，长年靠吃粗粮野菜度日。有一次，年老的父母想吃米饭，可是家里一点米也没有，怎么办？子路想到要是翻过几道山到亲戚家借点米，不就可以满足父母的这点要求了吗？于是，小小的子路翻山越岭走了十几里路，从亲戚家背回了一小袋米，看到父母吃上了香喷喷的米饭，子路忘记了疲劳。邻居们都夸子路是一个勇敢孝顺的好孩子。

《增广贤文》中说：“千万经典，孝义为先。”意思是：成千上万部经典上都说，孝和义是人首先应当做到的。英国哲学家罗素说：“作为一个人，对父母要尊敬，对子女要慈爱，对穷亲戚要慷慨，对一切人要有礼貌。”

中国有句古语：“百善孝为先。”意思是说，孝敬父母是各种美德中占第一位的。一个人如果连父母都不孝敬，很难想象他会热爱祖国和人民，他能够把爱给别人。

孝敬是一个经久不衰的话题，也是中华民族的优良传统之一。孝敬父母是我们每一个人应尽的义务，人生在世，百善孝为先，孝敬父母，是作为一个人最基本的道德底线。羊有跪乳之恩，牛有舐犊之情，大地乃万物之源，父母是生命之本。人生于世，长于世，源于父母。是父母给予了我们生命，是父母辛勤地养育了我们，每一个人都是在父母的悉心关怀、百般爱护和辛苦抚养下慢慢长大的。在人的一生中，对自己恩情最深的莫过于父母，所以说感恩父母，孝敬父母，是做人的本分，也是天经地义的。

6 花木兰替父从军

人物小传

花木兰（412—502），是中国南北朝时期一个传说色彩极浓的古代巾帼英雄和民族英雄，以替父从军击败入侵民族而闻名天下，唐代皇帝追封为“孝烈将军”。花木兰的事迹一直流传至今。

木兰从小就是一个非常懂事有着男孩子性格的姑娘。她平日里和妈妈学做女红，帮助妈妈料理家务，但她更喜欢跟着父亲读书写字，学习骑马射箭，因此，练得一身好武艺。

有一年，边关发生了战争，有敌人入侵，官府里的差役送来了征兵的通知，要求木兰的父亲当兵去边关打仗。木兰这时已经是十八岁的大姑娘了，她很为父亲担心。父亲年纪大了，怎么能参军打仗呢？可是，木兰没有哥哥，弟弟又太小，家里没有人去从征还不行，木兰实在不忍心让年老的父亲去受苦，想来想去，她决定女扮男装，替父从军。

父母舍不得女儿从军上战场，但他们也没有别的办法，只好依从她，为她准备了从军的行装，依依不舍地送她去从军。

木兰很快就随着队伍到了北方边境。她担心自己女扮男装的秘密被人

睿智箴言

愿为市鞍马，从此替爷征。（花木兰）

发现，加倍小心。行军的时候，木兰紧紧地跟上队伍，从不敢掉队。宿营的时候，她总合衣而卧，从来不脱衣服。作战的时候，她凭着一身好武艺，总是冲杀在前。一晃儿，木兰在军队征战了十二年，因为屡建奇功，多次受到奖赏，军中的伙伴们都敬佩她是个勇敢的“好男儿”。

入侵的敌人被赶跑了，边关又恢复了和平。皇帝召见战场上有功的将士，要给他们赏赐。木兰这时已由士兵晋升为将军，她不想在朝廷中做官，希望皇帝能给她一匹快马，让她回家乡去。皇帝答应了她的要求，并派木兰的伙伴们护送她回家。

听说木兰回来了，家里开始忙开了。父母欢喜地到城外去迎接，弟弟在家里杀猪宰羊，以慰劳为国守边关立功的姐姐。

回到家里，木兰脱下战袍，换上昔日的女装，出来见护送她回家的同伴们。同伴们见木兰原是女儿身，都很惊奇，没想到一起战斗并生活了十二年的伙伴竟是一位楚楚动人的女子。

“天下兴亡，匹夫有责”，如今，我们生活在和平年代，然而这却是一个大变革的时代，知识大战、信息大战、科技大战无时无刻不在上演，青年人更应该承担起历史的责任，勇于担当，不负重托，这是时代发展和进步的要求。

美国有一位著名的五星上将，叫麦克阿瑟，他晚年在西点军校演讲，回顾自己的戎马生涯，他说：责任、荣誉、国家，这三个神圣的名词庄严地提醒你应该成为怎样的人，可能成为怎样的人，一定要成为怎样的人。

人可以不伟大，人也可以清贫，但我们不可以没有担当。作为青年要培养和锻炼自己勇于担当的精神，一个青年没有对家庭、对个人、对他人对社会的责任感，再宏伟和远大的目标都将是一场难以实现的梦。勇于担当、有了强烈的责任感，才肯于学习，才会主动努力钻研，才有可能成为栋梁。

要做一个有担当的青年，就要有责任意识。为自己负责，踏实做人；为家庭负责，修身齐家；为工作负责，勤恳敬业；为国家负责，鞠躬尽瘁。是自己的职责，严格履行，不推诿、不敷衍；是自己的错误，敢于承担，不掩饰、不推脱；是自己的困难，自信面对，不畏难、不退缩。要做一个有担当的青年还要有敢为天下先的勇气和自信。以青年的蓬勃朝气和初生牛犊不怕虎的精神，去开拓创新、去打破常规、去引领时代发展。

在这个世界上，每一个人都扮演着不同的角色，每一个角色又都承担着不同的责任。一个人只有具备了勇于负责的精神，才会产生改变一切的力量。

7 为争取民权而战的帕克斯

人物小传

罗莎·帕克斯（1913—2005），出生在美国亚拉巴马州的一个黑人家庭。原名罗莎·路易丝·麦考利，因为积极投身争取黑人民权运动，被美国国会命名为“民权之母”。

罗莎·帕克斯年幼时虽然身体很弱，但她一直很坚强。小学时因为身体不好，她一直跟着母亲在家自学。读高中时又因为要照顾有病的母亲和年迈的祖母不得不辍学。罗莎·帕克斯知道没文化不行，于是，结婚后她重新自修，拿到了大学文凭。读书让她开阔了眼界和视野，她认识到人人都是平等的。为争取自己的权利，她积极参与黑人组织领导的民权活动，并成为民权运动的活跃人士。

多年的民权活动，在罗莎·帕克斯的心里深深地埋下了人人生而平等的种子。她生活的年代，种族隔离在美国南方依然很盛行，法律明确规定黑人与白人在公车、餐馆等公共场所内须分隔，且黑人必须给白人让座。曾有黑人妇女因没给白人让座而被捕入狱。

有一天，当裁缝的罗莎·帕克斯与几个黑人女伴下班后一同坐公交车回家。那天，挤车的人很多，筋疲力尽的她们好不容易挤上车，刚找个座位坐下，公交车司机用十分傲慢的语气命令她们："你们四人把座位让给白人！"听到"命令"，其他三位女伴赶紧站起身，把座位让给了白人。可是，罗莎没有，她用坚定的语气回答道："不！"过了一会儿，一名白人警察走上车，来到罗莎的跟前，指着身边的一个白人，对罗莎命令道："你必须马上给这位先生让座，否则，我就逮捕你！"生性倔强的罗莎依然一动不动，对警察说："你可以这么做！"结果，警察逮捕了罗莎，并罚款4美元。

罗莎·帕克斯被捕事件，引发了蒙哥马利市长达381天的黑人抵制公交车运动，运动最后取得了胜利，1956年美国最高法院裁决禁止公车上的"黑白隔离"；1964年，美国出台的民权法案禁止在公共场所实行种族隔离和种族歧视政策。罗莎·帕克斯从此被尊为美国"民权运动之母"。

睿智箴言

那天像平常日子一样，唯一使它变得重要的是全体黑人的团结。（罗莎·帕克斯）

2005年10月24日，罗莎·帕克斯去世，她的遗体被运到华盛顿的美国国会大厦，安放在大厅中供全美民众瞻仰。她是美国历史上第一位获得遗体被安放在国会供民众瞻仰殊荣的女性。

女孩当自立

“穷人银行”创办人、诺贝尔和平奖得主穆罕默德·尤努斯曾说“一个人，可以改变世界”。在《如何改变世界》一书中，作者戴维·伯恩斯坦问道：“一个人能改变世界吗？”然后，他斩钉截铁地回答道：“能！”是的，一个人能够改变世界。如果一个人的信念足够坚定，思考足够完整，并且有着不屈的精神，世界将随他而转动。

在平常人看来只有英雄和伟人才能改变世界，事实不是这样，我们每个人来到这个世界就已经改变了这个世界，我们人生中的每一步，每一个行动都在改变着我们周围的世界。

是的，一个人的力量是微不足道的，作为芸芸众生中的一个平常人，一个普通人，我们的能力和影响力极其有限。作为一个普通的人，我们怎么改变世界？我们不需要是专家、不需要是英雄、不需要是伟大的人物，我们只需要做好自己。做好自己，就是在生活的小细节中认真倾听自己内心的声音，谨慎地作好每一个决定，让自己不后悔。在强权面前，我们不会屈服；在真理面前，我们不会让步；在原则面前，我们不会改变。虽然社会很复杂，但是我们不会随波逐流，我们在社会的洪流中，找到适合自己的位置，做好自己，用自己微薄的力量改变自己，改变社会，改变世界。

我们的力量虽然很小，但我们努力地一步一步向上生长，有着向阳的正能量，足以支撑我们不断去突破，去超越，去实现自我价值。做好自己，是实现自我价值的渠道；做好自己，是改变世界的途径；做好自己，着眼于当下的每一步，谨慎对待每一个决定，那我们一定会收获更多，世界也会随之改变。

8 埃莉诺为世界人权而努力

人物小传

安娜·埃莉诺·罗斯福（1884—1962），美国第32任总统富兰克林·德拉诺·罗斯福的妻子，曾为美国“第一夫人”。第二次世界大战后她出任美国首任驻联合国大使，并主导起草了联合国的《世界人权宣言》

安娜·埃莉诺·罗斯福大学毕业后，想在电信公司找一份工作。她的父亲和当时美国无线电公司的董事长萨尔洛夫是很好的朋友，就介绍她去那里拜访董事长。

萨尔洛夫董事长非常热情地接待了她，随后问道：“埃莉诺，你想在我这里干哪份工作呢？”埃莉诺不假思索地回答道：“随便。”

“我们这里没有叫‘随便’的工作”，萨尔洛夫董事长非常严肃地对埃莉诺说道：“你要永远记住，成功的道路都是由目标铺成的！”

这件事给了埃莉诺很深刻的教训，她永远地记住了萨尔洛夫董事长这句话。从此，确定了自己的人生目标。特别是1905年与富兰克林结为夫妻后，埃莉诺就与政治结下了不解之缘。第二次世界大战结束后，埃莉诺被任命为美国驻联合国人权委员会代表，各国代表一致选举她担任这个新成立机构的主席。当时反对宣言的国家很多，很多国家认为宣言过于偏向西方世界，但是在埃莉诺的卓越领导和不懈的努力下，具有划时代意义的《世界人权宣言》诞生了。这是联合国人权委员会所取得的划时代的成就。在富兰克林总统去世后，埃莉诺依然为实现他们共同的理想而活跃于政坛，并成为公认的“世界第一夫人”。通过勤奋和努力，她成为一位伟大的政治家与世界妇女运动领导者。

睿智箴言

人们感到在毫无目的地前进，我们都置身于洪流之中，谁也不知道将在何处上岸。在我看来，重要的是我们对于可能发生的事情所持的态度。我们必须以乐观的精神心甘情愿地承担和大家分担可能出现的不测，勇敢地去迎接未来。（安娜·埃莉诺·罗斯福）

沙漠中没有方向的人，只能徒劳地转着一个又一个的圈子；生活中没有目标的人，只能无聊地重复着自己平庸的生活。人生没有目标，就好比航船没有指南针，在茫茫大海中总也靠不了岸。人生没有目标，就没有奋斗的方向，就会浑浑沌沌，得过且过，最后一无所获。

在现实生活中，许多人蹉跎岁月，正是因为没有人生目标，从而荒废了光阴，最后一事无成。纵观古今，那些成功的人生，都是首先为自己树立一个明确的奋斗目标。有了目标，才会有行动，在行动中壮大自己的信心，树立自己的威信，克服诸多艰难困苦，每天有所进步。有了明确的目标，才能产生动力，动力导致行动，行动必然会带来成果。

拿破仑·希尔在《思考与致富》一书中写道：“一个人做什么事情都要有一个明确的目标，有了明确的目标便会有奋斗的方向。”只要有了目标，再加上实现目标的决心和毅力，一切事情都不会是难题。目标是人生航程的北斗！新生活是从选定方向开始的。谁有目标并能持之以恒，谁就是最后的胜利者。

聪明的女孩，智慧的女孩，有理想、有追求、有上进心的女孩，一定都有一个明确的奋斗目标，她懂得自己活着是为了什么。因而她所有的努力，从整体上来说都能围绕一个比较长远的目标进行，她知道自己怎样做是正确的、有用的，否则就是做了无用功，或者浪费了时间和生命。世界也会为那些有目标有理想不懈追求的女孩让路，成功者总是那些有目标的女孩，鲜花和荣誉从来不会降临到毫无目标的女孩的头上。

九、女孩自立，柔弱双肩敢挑重担

女孩是柔弱的，但柔弱并不等于没有力量，柔弱双肩同样敢于挑起人生的重担，甚至比男孩做得更好。

1 挺身救难的妇好

人物小传

妇好，生卒年限不详，商王武丁的妻子，生活于公元前12世纪的前半叶武丁重整商王朝时期，是我国有史可查的最早的女政治家和军事家。妇好并不姓妇，她的父姓是一个亚形中画兕形的标志，当她嫁给武丁成为王妻之后，武丁给了她相当丰厚的封土和士民，在她的封地上，她得到了“好”的氏名，尊称为“妇好”，或者“后妇好”。妇好的庙号为“辛”，商王朝的后人尊称她为“母辛”、“后母辛”。

商朝时期，有一年夏天，北方边境发生战争，双方相持不下，战争地区的百姓流离失所，人民受到了无数的灾难。国王商高宗武丁的一个叫妇好的妻子，听到前方将领送回来的消息，深为国家的危险和百姓忧愁，她想尽快为国家解除危难为百姓解除疾苦，于是她找到国王武丁自告奋勇道：“请国王允许我率兵前往边境，平定那里的战争，解除那里百姓的疾苦。”听完妇好的请求，武丁有些犹豫不决，手下的大臣们也纷纷反对：“多少战将都没有取得胜利，一个女人能行吗？”

国王和大臣们不知道，这个叫妇好的女子从小就有大志，跟着父兄习文练武，练得一身好武艺。在妇好的一再坚持下，国王武丁只好让妇好到校场上给自己演示一番，国王要看看她的武艺如何。妇好换上将士的装束，提着一把9公斤重的龙纹大铜钺（一种兵器），飞身上马，在校场上东杀西打，演练起来。国王武丁和众大臣一见妇好果然武艺超群，力大过人，勇猛无敌，于是同意让妇好做统帅，带领一万三千士兵赶赴前线。妇好到了前线后，果然很快取得了胜利。从此，国王武丁让妇好做了领军的统帅。从此，妇好东征西讨，打败了周围二十多个独立的小国。为商王朝国家的稳定、拓展疆土立下汗马功劳。国王武丁对她十分宠爱，给了她很多封地。

睿智箴言

请让我率兵平定那里的战争，解除那里百姓的疾苦。（妇好）

因为妇好有较高的文化，所以她不但能带兵打仗，商王武丁还经常让她主持祭祀，宣读祭文，并被任命为卜官，刻写卜辞。妇好成为当时商朝掌管国家大事的官员，成为中国历史上第一个女政治家、军事家，中国历史上第一位有据可查的女英雄。在妇好的协助下，商高宗武丁的时代被成为商朝最强盛的时代。

女孩当自立

爱国，就要把个人的前途、命运和祖国的前途、命运紧密联系在一起，时时处处以祖国利益为重，坚决同危害祖国利益的行为作斗争。生活在我们伟大祖国的每一个人，都要常想着为祖国做点什么。爱国是最崇高、最圣洁的情感，在祖国最需要的时候，我们可以舍弃一切甚至生命为祖国而战斗，无论男孩女孩，爱国是每一个公民最起码的道德要求。

是的，不可能人人都去当各个领域的顶尖人物，而应该有一颗拳拳报国心、满腔爱国情。人们对国家的忠诚和热爱，是通过具体岗位、具体行动体现出来的。无数事实证明，个人的奋斗，只有融入祖国和人民的利益之中，才会结出丰硕的果实。

常想着为祖国做点什么，为此，我们要积极行动起来，在平凡的工作岗位上，埋头苦干，兢兢业业，尽心尽力地做好每项工作。我们要从大处着眼，小事入手，难处着力，细处传情，多做有利于社会和他人的事，多做雪中送炭的事，多做化解矛盾促进和谐的事，使我们和周围的人都能进入“爱国、敬业、诚信、友善”的新境界。常想着为祖国做点什么，是一种回报，是一种觉悟，更是一种激励自己不断进取的动力。我们应当把对祖国的忠诚和热爱，化作奋发进取、昂扬向上的精神力量，立足岗位，埋头苦干，为创造祖国更加美好的明天而贡献我们全部的光和热。青春只有在为祖国和人民真诚奉献中才能更加绚丽多彩，人生只有融入国家和民族的伟大事业才能闪闪发光。练好本领，在祖国需要我们的时候挺身而出，为祖国的繁荣和富强而奋斗。

2 智勇双全的荀灌

人物小传

荀灌（303—？），出生在西晋时期的一个官宦之家。我国古代智勇双全的女英雄。她13岁时，便做出了一件惊天动地的大事情。

荀灌的父亲荀崧是襄阳太守。他公正无私，为官清廉。他的部将杜曾因谋私利被荀崧处罚过，因此对荀崧很不满，经过一番密谋，发动叛乱，突然带领重兵包围了襄阳城，并扬言破城之后要杀掉荀崧和那些忠于太守的人。

荀崧每天指挥守军拼命抵抗，死伤无数，杜曾仍不罢手。双方对峙日久，城里的粮食快吃完了，箭也快用光了。守城的军民死伤人数一天比一天增多。荀崧几次派人突围请救兵，都被叛军堵了回来。眼看城就要被攻破，荀崧心急如焚，决定自己突围求援。部下苦苦相劝，不让太守去，因为他是主将，不能随便离开。

睿智箴言

城池危在旦夕，灌儿虽然年幼，却有破敌妙法，可以为父亲担当此任。（荀灌）

正在无计可施之时，荀崧13岁的小女儿荀灌走上前来，她说："父亲重任在身，要在这里指挥守城，不能随便离开。还是让女儿突围求援吧。"父亲知道荀灌从小跟着他练武，有一身好武艺，但是她人小力单，怎么能担此大任呢？荀灌急了，恳求说："父亲，襄阳危在旦夕，我们不能坐以待毙。白天叛军攻城太急，我可以趁夜间他们防守松弛时突围。父亲放心，我一定能请来救兵。"父亲见荀灌说得有道理，也实在没有别的办法，于是，给她选了几个武艺高强的军士，随荀灌突围。

深夜，荀灌手执利剑和十几个武士骑马冲出城外。叛军都在睡大觉，直到快过叛军的兵营时，叛军才发现有人突围。荀灌命令几个士兵大声嚷叫，引开敌人，她带领几个士兵飞马跑上一条偏僻的山路，冲出包围。

荀灌很快到了另一个将军的驻地。那个将军问明情况后，便让她先吃点饭休息一下，然后再商量破敌之计。荀灌不肯，她对那个将军说："将军，您没听人说，救兵如救火吗？还请迅速发兵，解救襄阳城吧。"那位将军见小姑娘这样机智勇敢，就让荀灌再约请另一位将军的兵马一起合力破敌。荀灌又代表父亲给另一位将军写一封言辞恳切、理通辞达的信，另一位将军见信后很快派兵前来，荀灌带领两处救兵飞驰襄阳。荀崧见援兵已到，率城里守军冲杀出来。叛军两面受攻，伤亡惨重，仓皇撤兵而去。襄阳军民得救，军民们都说小荀灌是一个有功之臣！满城的人都夸荀灌是个勇敢的姑娘。

女孩当自立

13岁的荀灌，在大敌当前有勇有谋，拯救了一城的军民。机智和勇敢在许多关健时刻是至关重要的，所以，女孩成长过程中必须培养机智和勇敢的作风。

非洲人有一句谚语："机智是随着智慧而来的。"机智需要过人的智慧和渊博的学识，机智是一种经验更是一种能力，这需要我们在人生过程中不断学习积累。勇敢是精神面貌的体现，没有天生的懦弱，更没有天生的勇敢。当然，我们要做的事情的效果如何并不完全在于机智，还有一个重要的因素是勇气。什么是勇气？勇气不指蛮力，而指勇敢的气概。没有勇气，机智就是小聪明，没有勇气，不敢去做，机智就失去了意义。

机智与勇敢，是女孩成长过程中应对突发事件的制胜法宝。作为女孩，生活中遇到遇事突发事件可能比男孩还要多，遇到危险事件时，既要勇敢，又要机智，要用一颗冷静的头脑去思考，要沉着镇静，不能慌张，不乱阵脚，要动脑筋，想办法。不要一味地蛮干，这样才能更好地保护自己。

3 个性独立的英迪拉·甘地

人物小传

英迪拉·甘地（1917—1984），出生于印度北方邦一个政治家家庭，祖父和父亲都是印度著名的政治领袖，她是印度独立后首任总理贾瓦哈拉尔·尼赫鲁的女儿，印度著名的政治人物之一。曾担任两届印度总理，在最后任职期间遇刺身亡。被后人称为"印度铁娘子"。

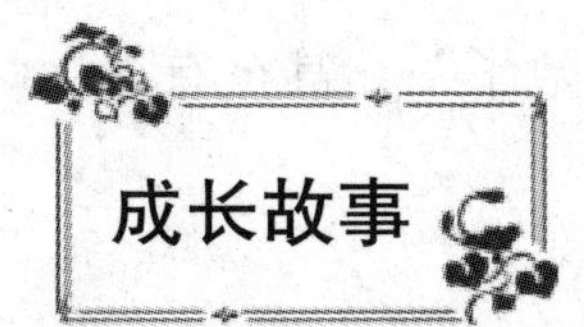

在英迪拉还很小的时候，他的祖父尼赫鲁就开始与“圣雄”甘地联手推动印度独立运动。他的父亲也积极参与国家的政治活动，可母亲带着她一直都远离家族的政治活动，所以她从小只能从多病的母亲身上获得关爱，而她祖父和父亲的政治家身份更令她难以与同辈同龄人亲近，这也培养了英迪拉坚强、独立自主的个性。童年时期的英迪拉，未曾享受稳定的家庭生活，这对她日后的性格发展影响很大。

慢慢长大的英迪拉并没有像母亲所希望的那样远离政治，从小就对政治非常感兴趣。12岁时，英迪拉聚集一班少男少女，创立了一个叫“猴子队”的小组织（名字源自印度教史诗罗摩衍那，传说中毗湿奴的一个化身罗摩在与邪恶势力作斗争时，得到一群猴子的帮助，英迪拉认为他们就有如这班猴子）。英迪拉带领“猴子队”参加游行集会、帮助独立运动组织散发传单。英迪拉的父亲因从事独立运动，居住的地方经常被警察严密控制，英迪拉就组织“猴子队”的队员替父亲传递一些重要文件，因为他们人小，没有受到警察的注意，因此，他们屡屡成功。

英迪拉19岁时，母亲因病去逝。其后，她四处求学，并因积极参与独立运动而被逮捕入狱数月。但这些并没有改变她独立的个性，而更使得她坚定了为祖国独立和人民幸福奋斗的决心。

1966年，49岁的英迪拉·甘地成功当选印度第三任总理。面对当时印度纷繁复杂的国内外形势，英迪拉·甘地个性独立，雷厉风行，果断处事。她以非常强硬的手段处理了许多棘手的问题，这也引起了反对派的不满。第一任总理任满后，再一次竞选时她失败了，并曾被捕入狱，但英迪拉·甘地绝不屈服，出狱后，看准了机会又第二次出任印度总

睿智箴言

我一生都用来为人民服务。即使我死了，我相信，我每一滴血都会用来哺育印度，让她变得更加强大。（英迪拉·甘地）

理。今天，不少印度人民都怀念这位硬朗的“印度铁娘子”，甚至有人称她为“印度国母”。

女孩当自立

每个人生来在这个世界上都有他的位置，每个人的性格都是独一无二的，这就叫独立的个性。个性独立首先表现在能独立思考，独立完成任务，独立进步，对问题有独特见解，不轻易被别人的思想左右。一个人有独立个性才是最重要的，一个人有个性，才会与众不同。

从成长的角度来说，独立的个性能让我们更积极地管理自己。作为一个独立的人，必须摆脱被动地听话，等着他人来帮自己作决定。不具有独立性的女孩，无法自觉、自律地生活，长大后很可能会被社会淘汰。一个具备独立个性的女孩，不需要“他律”就能“自律”，能“自律”，才能更加独立自主地决定生活方式。一个具备独立个性的女孩，能够“自己的事情自己负责，自己解决”，能够积极地管理自己；具有独立个性的女孩，才能够更快适应独立的生活。

所以，培养女孩们的独立个性很重要。培养女孩们的独立个性，就是培养她们独立思考问题的能力和独立解决问题的能力，有独立个性的女孩才能在日后实现真正的独立。因为独立的个性中包含着独立的性格，而一个女孩独立的性格是成才的关键所在，随波逐流的女孩常常不能出类拔萃，只有个性独立的女孩才具有领袖的气质和能力。

从小培养女孩们的独立个性，她们才能在不久的将来真正立足于社会。现代社会充满了激烈竞争，社会需要的人才已经不再是高学历，高技术，而是真正具有独立的个性，懂得用自己的独特眼光看世界的人才，很多大师级的人物都具有独立个性，他们能以独特的眼光看世界，看问题，从而得出自己的结论。

女孩们个性独立，才能够直面人生，勇敢地承受挫折、承受困难、承受不幸。

4 意志坚强的韩明淑

人物小传

韩明淑（1944— ），出生于平壤的一个贫困家庭。19岁时，韩明淑考入韩国著名的梨花女子大学，专攻法国文学专业，1967年毕业。此后，韩明淑还获得神学硕士学位和梨花女子大学女性研究博士学位。毕业后积极投身维护妇女权益的社会活动，后成为韩国第一位女总理。

韩明淑出身贫寒，为了生活，父母带着她离开平壤来到三八线南部。尽管家中生活艰难，但父母还是省吃俭用供她读书。韩明淑深知父母的不易，所以学习十分刻苦，中学毕业后，以优异的成绩考入韩国最好的女子大学——梨花女子大学。读书期间，她接受了民主启蒙思想，开始有了参与社会变革的意识。那时候，在韩国，妇女的地位十分低下，韩明淑决心为改变这种状况而奋斗一生。

大学毕业后不久，她便步入婚姻殿堂，但幸福的婚姻生活仅过了6个月，丈夫就因政治事件而被捕。但韩明淑并未因此而畏惧退缩，她一面照顾狱中的丈夫，一面继续开展斗争，并迅速成为政治运动的先锋。

睿智箴言

我将尽力使我们那种充满矛盾冲突的政治文化变得更加和谐，更富人情味。（韩明淑）

30岁时，韩明淑加入民主化运动团体，从事女性平权运动，为促进男女平等、维护妇女权益、提高韩国妇女的社会地位而奔走呼号。35岁那年，因阅读社会主义书籍、推动为农民和妇女服务的教育项目而被当时的军事独裁政权逮捕入狱，并以“散布反政府言论”的罪名判刑两年。尽管身陷囹圄，韩明淑仍不忘自己的使命，在狱中不断宣传女权和民主化。出狱后，继续为改变韩国根深蒂固的妇女地位低下问题殚精竭虑。后来，她组建了全国性的女性团体联盟，通过有组织的行动为妇女争取权益，推动韩国国会通过了《家族法》、《男女平等雇用法》和《性暴力处罚法》等法律。

韩明淑在历经磨难和坎坷后逐渐崭露头角。2000年，56岁的她进入政坛，此后，更加积极推进妇女运动，为提高韩国女性的社会地位立下了汗马功劳，赢得了妇女界“大姐大”的称誉。2003年，62岁的韩明淑因“处事合理，坚持原则，外圆内方，善于均衡。在人际关系上圆满，是韩国女性的杰出代表”而成为韩国建国以来的第一位女总理。聪明端庄而身世曲折，命运坎坷但意志坚定，韩明淑终于凭自己的努力为女性打开一片天地。

女孩当自立

爱因斯坦说：“由百折不挠的信念所支持的人的意志，比那些似乎是无敌的物质力量具有更大的威力。”正因为意志坚定，性格坚毅，选择的路不管多么艰难都坚持走下去，韩明淑才由一个贫寒家的女孩成为一国的总理。

生活就像海洋，只有意志坚强的人，才能到达彼岸。意志是人自觉地确定目的，并支配行动，克服困难，实现目的的心理过程。对于每一个要克服的障碍，都离不开意志力；面对着所执行的每一个艰难的决定，我们所依靠的是内心的力量。当然，意志力并非是生来就有或者不可能改变的特性，它是一种能够培养和发展的技能。罗曼·罗兰说："你既然期望辉煌伟大的一生，那么就应该从今天起，以毫不动摇的决心和坚定不移的信念，凭自己的智慧和毅力，去创造你和人类的快乐。"在成长过程中，培养我们坚强的意志力，才能不断地战胜挫折和坎坷，使我们的人生更辉煌。

5 自信自强的瑟利夫

人物小传

埃伦·约翰逊·瑟利夫（1938— ），出生在利比里亚一个普通的律师家庭，受父母的影响，早年在美国求学，获得美国哈佛大学公共管理硕士学位。2006年1月当选利比里亚总统，成为非洲历史上首位女总统。2011年获得诺贝尔和平奖。

因为父母都受过高等教育，受他们的影响，瑟利夫从小就下决心一定去学校学习。因此，她没有像身边的其他女孩子那样，早早地成为不问世事的家庭主妇。在父母的支持下，她甚至到美国去学习。期间，为了生活以及凑足学费，她边打工边学习，实在找不到更好的工作她就到饭店当洗碗工，就这样从本科一直读到硕士毕业。在利比里亚这个女人很少识字的国度里，瑟利夫却拥有了美国哈佛大学公共管理硕士学位。

睿智箴言

我是女人，听我怒吼。（埃伦·约翰逊·瑟利夫）

走出校门后，看到祖国和人民饱受艰难，瑟利夫决心投身拯救祖国和人民于水火的事业中。于是，她积极投身政治，但却因此两度成为当政者的阶下囚，还在国内军事政变中差点被叛乱分子砍了头，被迫流亡海外。

国家内乱终于结束了，瑟利夫重返祖国并参加竞选总统。因为瑟利夫是女性，是四个孩子的母亲，而且又离了婚，在这个民风保守的国家，一个女人如果身边没有丈夫，没人会看得起。离异、独身的瑟利夫不被一些人接受，更有一些人对她持有偏见，因而使她吃了许多苦头，离异、独身成了对手抨击她的政治武器。在第一次大选中，瑟利夫的“单亲妈妈”身份使她败给了对手。尽管最终瑟利夫的得票率很低，但她由此成为举国知名的政治人物，并赢得了“铁娘子”的美称。

2005年年底，贫困与动荡的利比里亚又迎来了总统选举，谁来拯救被称为“非洲最黑暗的角落”的利比里亚，谁来领导国家走向稳定和发展，令利比里亚民众揪心，也让国际社会关注。瑟利夫又勇敢地站了出来，她发出了“我是女人，听我怒吼”的口号。积极鼓励女性们自信、自强、自立，真诚地希望女性能够在国家、社会和家庭中发挥同男人一样的作用。最终，她在22名总统候选人中脱颖而出，成为非洲第一个女总统。

瑟利夫出身寒门，既不拥有豪华的政治世家，也没有当过总统或总理的政治家丈夫。为登上总统宝座，她付出了更多的血汗与泪水。她的“自信、自强、自立”为自己争得了荣誉。

是的，女孩，一定要自信。要把自信牢牢地建筑在我们的心里。作为女孩，任何时候都不要依靠别人的赞美、不要依靠漂亮的衣服来建筑我们的信心，这样的自信根基太浅薄，倒塌之后我们会发现自己再也没有重建的能力。女孩自信，就要有渊博的知识、良好的修养、文明的举止、优雅的谈吐、博大的胸怀以及一颗充满爱的心灵。这样我们才能活出一种气质、活出一种精神、活出一种品位、活出一份至真至性的精彩。女孩自信，才能不自弃，不自弃就没有谁可以阻碍我们前进的脚步。

女孩，一定要自立自强。自立自强，才有真正的自我。自立自强，就应该有自己的追求、自己的想法。自立自强，就要热爱学习、热爱工作、热爱生活，要知道，在这个竞争和发展的时代，弱者只会被淘汰，美好的明天、幸福的生活，需要我们努力去创造。自立自强，就要求女孩们脚踏实地，从现在做起，培养坚韧的性格，吃苦耐劳的精神，这样我们会获得更多的成功。自立自强，女孩就要有上进心，远离那些不思进取的人，向成功者靠拢，这样，我们才能更接近成功。

女孩自立自强，要自尊自爱，要自己瞧得起自己，要保持正确的自我意识，接纳自我，既不自傲，也不自卑，学会自信，学会自强；女孩自立自强，就要学会协调和控制自己的情绪，保持良好的心境，善于发现自己生活中的闪光点。女孩自立自强，就要诚实开朗、与周围的人团结协作，健康向上、勇敢自信、热爱生活。

所以，作为一个女孩，在学习上锐意进取、自强不息，在生活中独立自主，一定要努力成为有知识、有智慧、有自尊、自信、自强、自立的阳光女孩；要珍惜自己的青春年华，尊重自己的人格，有高度的进取心，不断实现自己的既定目标，做生活的强者。成为德才兼备，秀外慧中的女性人才，展现新一代女性风采，让自己拥有健康、快乐的一生。

6 一个人也要改变世界的玛塔伊

人物小传

旺加里·玛塔伊（1940—2011），出生于肯尼亚涅里的一个农民家庭。肯尼亚最著名的女性，生物学家，社会活动家，东非第一个获得博士学位的黑人女性，“绿丝带运动”发起人，一生致力于植树造林，三十多年来鼓励非洲妇女一同种树达3000万棵。2004年，她获得诺贝尔和平奖。

玛塔伊出生的时候，肯尼亚还没有独立，百姓的生活非常贫困。看到那些因贫困而生活无着的人，慢慢懂事的玛塔伊决心长大后为百姓们做些事情，改变他们的生活状况。因此，不管别的女性同伴们做什么，她就一门心思地勤奋学习。中学毕业后，她前往美国的学校学习生物学，获得了学位和硕士学位。学成归国后，她在肯尼亚首都内罗毕大学从事兽医学的研究，并在那里获得了博士学位，成为东非第一个获得博士学位的黑人女性。

1976年，36岁的玛塔伊为改变肯尼亚妇女的社会地位，争取人权和女权，积极投身于肯尼亚全国妇女委员会的工作，几年后，成为该委员会的主席。为了改变百姓们贫困的生活，玛塔伊发起了“绿丝带运动”，鼓励人们特别是妇女们植树造林。为了获得植树的经验，玛塔伊先在自家后院开辟了一块地，在那里栽种树苗，栽种成功后，她就带领妇女们到荒凉的地方去栽树。没有人能理解她，都认为一个女性做不了什么，但玛塔伊对那些不理解一点也不在意，一个人也要坚持开展“绿丝带运动”，她还不顾家人的反对，放弃了稳定的生物学教授的职位，经常奔走在荒漠的土地上，和妇女们一起植树。

睿智箴言

我们每一个人都能有所贡献。（旺加里·玛塔伊）

不久，因为玛塔伊带领妇女们争取人权和女权的活动，引起了一些当权者的敌视。她被毒打、恐吓，甚至身陷牢狱，但所有的不幸与挫折都没能动摇她的信念。经过不屈不挠的艰辛努力，玛塔伊成为肯尼亚全国妇女开展“绿丝带运动”的卓越指挥者和领导者。

在其后近三十年的时间里，“绿丝带运动”为贫穷的非洲种植了近3000万棵树，不但缓解了森林遭砍伐的问题，更为上万名妇女提供了就业的机会，提高了妇女的社会地位。此后，许多国家纷纷效仿“绿丝带运动”，一个原本只在玛塔伊自家后院小苗床展开的环保活动，变成一股全球性的洪流。2004年，64岁的玛塔伊在194个诺贝尔和平奖的候选人中脱颖而出，成为首位荣获该奖的非洲妇女。诺贝尔颁奖晚会的主持人赞扬玛塔伊：“她让大家明白，即使是一个人的意志，也可以改变世界！”

玛塔伊在得知自己获得诺贝尔奖时说：“我们每一个人都能有所贡献。我们往往放眼庞大的目标，却忘记无论身在何处，都可贡献一份力

量……有时我会告诉自己，我可能只是在这里种一棵树，但试想象一下，如果数十亿人都开始行动的话，这将产生何等惊人的效果？”

不论男孩女孩，只要不懈地投身于一件有益于他人，有益于社会的事，我们每个人都能贡献一份力量。多做一件有益于社会的事情，我们的生命就会多收获一份价值。每个生命来到世间，都注定要改变世界。苹果公司创始人之一乔布斯有一次在美国斯坦福大学毕业典礼上这样说道：“活着就是为了改变世界，难道还有其他原因吗？”他是一位成功的商人，更像是一位伟大的哲人。乔布斯用成就向世人展示如何改变世界。他的传奇经历，也在告诉世人：人生来就是为了改变世界的，哪怕是芸芸众生，只要努力，每个人都可以改变世界。

作为伟人的乔布斯是如此，那么，我们普通人该如何改变世界呢？想要改变世界，就要对人生抱有远大的理想，尤其是成长中的女孩们，要有改变世界的雄心壮志。只要有理想，有目标，有雄心壮志，我们就有了前进的动力。是的，要使这颗改变世界的种子生根发芽，长成参天大树，就一定要目标专一，并且在锁定目标之后，持之以恒地做下去。改变世界听起来好像是件天大的难事，但再难的事也有人做成它。乔布斯能够改变世界，我们每个人也能够做到。咬定青山不放松，改变世界的梦想终可成真。

7 把小事做好的野田圣子

人物小传

野田圣子（1960— ）出生于日本的福冈县，毕业于日本上智大学。1987年，野田圣子当选为岐阜县议会议员，是当时最年轻的县议员。1998年担任小渊惠三内阁的邮政大臣，也是日本最年轻的阁员。

多年前，一个女孩找到了她涉世之初的第一份工作，在东京的一个大酒店当服务员。这是她步入社会的第一步。报到的那一天，她十分激动，下决心一定要好好干！可是她没想到，上司安排给她的工作竟然是洗厕所！

从未干过粗活重活，喜爱洁净、细皮嫩肉的她怎么干得了洗厕所的活？上司给她安排工作时质量要求特别高：必须把马桶刷洗得光洁如新！她当然明白“光洁如新”的含义，她更知道自己不适应洗厕所这一工作。当她第一次拿着抹布伸向马桶时，恶心得几乎要吐出来，她陷入了困惑、苦恼之中。继续干下去，还是另谋职业？人生的第一步应该怎样抉择。她是个要强的人，不想知难而退，她觉得自己的人生之路不能打退堂鼓！她暗下决心：人生第一步一定要走好，马虎不得。她决心把这个工作做好。

她向一位前辈请教，前辈什么也没说，只是做个样子给她看了一遍。

只见前辈一遍遍地刷洗着马桶，直到刷洗得光洁如新，然后，前辈从马

睿智箴言

就算一生洗厕所，也要做个洗厕所最出色的人。（野田圣子）

桶里盛了一杯水，一饮而尽！竟然没有一点勉强的意思。刷洗完，前辈站起身，送给她一个含蓄的、富有深意的微笑和一个关注的、鼓励的目光。前辈的榜样让她激动得不能自持，她目瞪口呆、热泪盈眶。她知道自己的工作应该怎么干了。她下定决心：就算一生洗厕所，也要做一个把厕所洗得最出色的人！

从此，她全心全意地开始了洗厕所的工作，工作质量也达到了那位前辈的高水平，为了检验自己的自信心，为了证实自己的工作质量，她也多次喝过马桶里的水。她的工作得到了上司的认可，她终于迈好了人生的第一步，也从此踏上了成功之路。多年后，她成为日本政府的邮政大臣。她的名字叫野田圣子。

世间事无大小，总要有人去做。如果我们能全心全意地做好哪怕很小的一件事，那么我们就可以做好别的事，关键是我们的态度和勤奋程度。古人说：“一屋不扫，何以扫天下！”所以，先扫一屋，才能扫天下，要从自我做起，从现在做起，从小事小节做起，从点滴细节做起。小事不想做，必然大事做不了，对工作拈轻怕重，好高骛远，很难成就一番事业。

事实上，生活中常有这样的事，一方面，觉得我们的能力有限，太高的目标遥不可及；另一方面，又觉得小事带来的价值太小，做着没有意思，从而造成我们无所事事，最后一无所成。所以，成长中的女孩们，一定要行动起来，少空想，即使是擦地板、洗衣物，或者是读一本书之类的小事，只要做起来，都会让我们有成就感和价值感，慢慢积累，我们就更有信心了，就可以挑战大事了。

所以，无论是工作、学习还是日常生活，我们都应该认真对待每一件小事。古人云："不积小流，无以成江河；不积跬步，无以至千里。""绳锯木断，水滴石穿。"要实现大的目标，就要先从小的目标做起；要想成就一番大事业，就要从每一件小事做起。不要把人生的希望都寄托在那些"大事上"。一个人的命运往往取决于他在日常生活中所做的一些小事上，只要我们毫不松懈地认真对待每一件小事，这便是我们实现自我价值的开始。

8 不断超越梦想的赵小兰

人物小传

赵小兰（1953— ），出生于台湾台北，后随父母移居美国，美籍华人。毕业于哈佛大学和麻省理工学院。2001年1月11日，当选总统乔治·沃克·布什提名赵小兰出任劳工部部长。她是美国历史上第一位进入内阁的华裔，同时也是内阁中的第一位亚裔女性。

1953年，女孩出生在中国台北，8岁时随父母移民美国。刚到美国时，她连一个英文字母都不认识，更别说听懂美国老师讲课了。但女孩从小要强，勤奋好学，从不服输，没用一年时间，她的成绩就赶上了班级那些学习好的同学。大学毕业后，她又考入哈佛大学商学院，通过刻苦学习，她以全A的成绩获哈佛大学商学院企业管理硕士学位。

大学毕业后，她也和许多大学生一样，仅仅想找一份工作，希望自

睿智箴言

我们都会遇到挫折，都会遇到麻烦，这是我们控制不了的。但很大一部分我们可以控制，是我们如何面对挑战，怎样克服它们。（赵小兰）

己能够生存。她在家中是长女，她还想在经济上帮助自己的家人。所以，她一步一个脚印地往前走，她善待自己的每一份工作，对每一份工作都尽职尽责。因此，好运也一直伴随着她。1979年，1983～1984年当选为“白宫学者”，担任白宫高级官员的助手，1986年出任联邦航运署副署长，不久又转任美国银行高级副总裁，1988年被里根总统任命为联邦海运委员会主席，1989年又被布什总统任命为交通部副部长。1991～1992年，出任美国和平工作团团长，1992～1996年担任美国最大慈善事业——美国联合慈善基金会主席，1996年出任美国智囊组织传统基金会研究员，1998年任该会亚洲研究中心顾问委员会主席。

一步一步往前走，再走一步，她就有了新的目标，她就“渴望自己能对工作做一些改变，超过自己的能力”。所以，她竭尽自己的才华和实力，以勤奋工作和勇于献身的精神，走出一条通向理想境界的道路。

2001年，美国总统小布什力邀她出任劳工部部长，虽然她几次婉拒，但最后老布什总统出面，她接受了任命，领导拥有17000多名员工的美国劳工部，她成为美国历史上首位华裔部长。她不但为美国华人参政树立了新的丰碑，也圆了几代华人的“美国梦”。她凭借自己的才华和实力，成为华人移民美国200多年来第一位华裔内阁部长。她叫赵小兰，一个普普通通的女性，一个不平凡的华裔女性。

1986年，她被评为“全美六大杰出妇女”；1987年她被评为“美国十大杰出女青年”；1993年，她获得哈佛大学的最高奖——校友成就奖；2008年，她获美国联邦移民局颁发的“杰出新美国人”奖。

女孩当自立

谈到自己的人生经历，赵小兰告诉年轻人：“我想每一个人都可以有超过他自己的梦想，然后为之努力。生活就会很精彩，很宽广。”

人生的路都是一步一个台阶走过来的，台阶需要一步一步地上，但是人生的梦想是可以超越的。不是所有人在人生之初就有远大的梦想，许多人都是走上一个台阶后梦想着再跨上更高的一个台阶。正如那些奥运冠军，当他们刚开始当运动员时，没有几个人梦想着一定要当奥运冠军，但是，当他们成为县级比赛的冠军、省级比赛的冠军、国家级比赛的冠军后，他们的梦想就变成了奥运冠军。正如一个将军，当他还是士兵时他的梦想并不一定是当将军，当他当了连长、营长、团长、师长后，他就会梦想当将军了。人生最初的梦想和最后达到的目标都会有距离，但最后的目标都超越了当初的梦想。

不管梦想大小，它都是我们前进的力量。人生如同无法回头的前进之旅，一路有荆棘、有高山、有江河，坎坷不断、艰辛难言。我们需要有勇气，有毅力，有耐心，而这一切的源头正是梦想，梦想会给我们力量。带着梦想前进，人生之旅才更富勇气。我们青春年少，风华正茂，如果我们带着梦想前进，当我们力不从心时，梦想会给我们力量；当我们沉沦时，梦想会让我们清醒；当我们处于人生的十字路口时，梦想会指引我们前行的方向。

当然，欲使“梦想”变为现实，只有靠自己艰苦奋斗，不懈追求；欲想超越梦想，就要努力拼搏，奋发进取。

参考文献

[1] 赵雪峰.全世界优秀孩子都爱看的励志枕边书[M].北京：中国纺织出版社，2011.

[2] 马林贤.外国名人故事[M].成都：四川文艺出版社，2003.

[3] 张高风.中华学生百科全书　中外女神童的故事[M].北京：北京燕山出版社，1996.

[4] 全玉敬.有钱女人怎么做[M].北京：中国戏剧出版社，2009.